GLIALTRI

Titolo originale: *İstanbullu Elefteria*
Pubblicato per la prima volta in turco nel 2016
da Tohum Yayıncılık Turizm Reklam ve Sağlık Hizmetleri San. Tic. Ltd. Şti

FRANCESCO BRIOSCHI EDITORE

Traduzione dal turco e note: Tina Maraucci
Copertina: Studio Maimeri, Milano
Impaginazione della copertina: Marta Giussani
Interni: Marta Giussani
Immagine di copertina © Getty Images

Francesco Brioschi Editore s.r.l.
Via Santa Valeria 3, 20123 Milano
Tel 02 86915570 - Fax 02 86912126
info@brioschieditore.it
www.brioschieditore.it
Francesco Brioschi Editore è anche su Facebook

Finito di stampare nel mese di giugno 2020
da Rubbettino print, Soveria Mannelli (CZ)
Prima edizione italiana: giugno 2020
ISBN 978-88-99612-83-2

FSC
www.fsc.org
MISTO
Da fonti gestite
in maniera responsabile
FSC® C103486

Elefteria di Istanbul

Kemal Yılmaz

Traduzione e note di Tina Maraucci

FRANCESCO BRIOSCHI EDITORE

Si riportano le lettere dell'alfabeto turco la cui pronuncia differisce da quella italiana:

c: come la *g* di "genio".
ç: come la *c* di "ciao".
g: come la *g* di "gamba".
ğ: prolunga la vocale precedente.
ş: come la *sc* di "scelta".
ı: si pronuncia con un suono a metà tra la *e* e la *i*.
ö: come il dittongo *eu* nel francese "deux".
ü: come la *u* nel francese "tu".

Indice

Ci sono persone semplici, ordinarie.
Persone il cui minuscolo mondo è stravolto dalle ambizioni
di uomini potenti, ignari della loro esistenza.
Persone che subiscono gravi perdite,
che vengono separate da chi amano,
che si struggono per la nostalgia della propria patria…
Sappiamo che ognuna di queste persone ha una storia diversa.
Peccato che non siano loro a scrivere la Storia.

1

Atene, 25 luglio 1989

Nella canicola di luglio le lapidi marmoree del Primo cimitero abbagliano la vista… Situato alle spalle del celebre tempio di Zeus ad Atene, monumento dell'antica civiltà greca, il viale Anapafseos instrada sempre con un silenzio mistico coloro che si avviano al riposo eterno. Alla fine scorgete l'ingresso. Superato il portone ad arco del Primo cimitero, dove sin dalla sua inaugurazione nel 1837 vengono sepolte le personalità di rilievo, vi ritrovate nel centro di un piazzale, colti dalla sensazione di visitare una sorta di museo a cielo aperto che espone opere dell'antichità. A impreziosire il grande slargo c'è la chiesa di San Lazzaro, uno dei due edifici sacri. Di fronte, una via piuttosto ampia vi porta dritti al cuore del cimitero. Una volta imboccata, cominciate a passeggiare all'ombra dei pini e dei cipressi che si vedono in tutti i cimiteri. A destra e sinistra, piccoli sentieri, vicoli che immettono su un viale principale. Le tombe, con tutta l'ammirazione che destano, informano dello status di chi vi è sepolto. Le statue, e sopra le decorazioni, sono vere e proprie opere d'arte, per la maggior parte realizzate da scultori illustri.

Nella canicola di luglio ogni lapide immacolata, che con il riverbero del sole ferisce gli occhi, reca inscritta una storia a sé. Una biblioteca di racconti in qualche caso incompleti, rimasti a metà, e custoditi da chi è sepolto per non essere mai rivelati. Un luogo in cui avvertite le parole di una folla che racconta qualcosa, e intanto resta in silenzio. Ogni lapide vi sussurra tutto ciò che sa della vita. Vi soffermate, come è naturale, prima sulla data di nascita, poi su quella di morte. La coda dell'occhio corre da una all'altra, come fosse una gara. Senza volerlo, calcolate l'età che aveva il defunto quando è arrivato. E se è avanzata, vi consolate, vi dite quanto ha vissuto, chissà quante ne ha viste, quante persone hanno costellato una vita così lunga. Altri invece arrivano qui ancora nel fiore degli anni. Per un istante passate in rassegna la vostra stessa vita, cosa non facevo io a quell'età! Sono soprattutto le tombe dei più piccoli, e le brevi esistenze che racchiudono, a rammaricarvi, a intristirvi. Le morti premature vi lacerano, percepite il dolore di chi si lasciano alle spalle. Talvolta, dentro di voi, pregate perché non vi capiti mai nulla del genere…

Quelle voci non riuscite a sentirle, non potete comprendere ciò che dicono, ciò che gridano. Dicono qualcosa, ma non sapete definire cosa…

Le decorazioni di certe tombe attirano la vostra attenzione, perché sono più sontuose di altre. Ne deducete quanto sia stato facoltoso chi vi riposa, immaginate gli sfarzi in cui ha vissuto. Invece, quando ne vedete di spoglie, vi dite ecco, questa doveva essere una persona modesta, che ha vissuto semplicemente, lontana dal lusso.

I nuovi nati li accogliamo con gioia, con un caloroso benvenuto in questo mondo. Sorridiamo a chi arriva, abbracciamo nostro padre che la sera torna dal lavoro, un parente, un amico venuto da lontano. Mentre per chi se ne va possiamo solo rattristarci. Perché i distacchi sono sempre infelici, dolorosi. Soprattutto quando ci colgono d'improvviso. È triste salutare, con la mano, chi se ne va via, persino quando sappiamo che ritornerà. Ma questa non è una stazione, un aeroporto, un porto dove ci congediamo per poi ritrovarci. Qui, chi parte non può nemmeno farci un cenno con la mano. Non potersi rivedere più quando invece si credeva che non ci si sarebbe persi mai...

Immersi in un silenzio assoluto, guardate gli alberi, le lapidi: i cimiteri vi fanno riflettere. E di sera vi fanno paura, come se da un momento all'altro qualcuno potesse levarsi dalla tomba per saltarvi al collo. Ma in realtà quelli che riposano qui sono più inoffensivi dei vivi. Il volto crudele della morte è che persino l'innocuità dei defunti ci spaventa. Delle storie che ci vengono raccontate conserviamo sempre il monito che dei cimiteri bisogna avere paura.

Poi vi viene in mente che un giorno anche voi finirete qui. Vi chiedete *quando*. Ma non potete rispondere altro che *un giorno*... Allora, insieme a ogni lapide, ogni albero, ogni incisione, ogni data, passate in rassegna anche la vostra vita, è più forte di voi.

Ecco, quel giorno, un nuovo residente stava per prendere dimora al Primo cimitero, portando con sé gioie, speranze, sogni infranti, storie dette e non dette di un'intera vita. E, come gli altri, se avesse voluto vedere le persone che amava, le avrebbe attese sempre nello stesso posto. Questo era il suo nuovo indirizzo, per sempre...

La folla davanti alla sontuosa chiesa di San Teodoro, dove si celebrano i funerali, si fece da parte al passaggio del feretro. Le donne vestite di nero, gli uomini in completo scuro, i vecchi, i giovani cominciarono a camminare tra le lapidi bianche, piano piano, in silenzio, scambiandosi solo di rado qualche parola sommessa. Un corteo di occhiali scuri, che dovevano proteggere dal sole ardente dell'estate e nascondere la commozione o gli occhi gonfi di pianto, avanzava nel gelo del cordoglio e della morte...

Il prete che celebrava la funzione procedeva in testa con passo cadenzato. I funerali sono tutti uguali, cambiano solo, insieme al defunto, le facce di chi partecipa alla processione e il mezzo su cui si parte per questo viaggio. Le persone più vicine al defunto, i parenti stretti, prendono posto subito dietro, in prima fila.

E Magnolia era proprio lì, lei che per quel funerale soffriva più di tutti.

Accompagnava sua madre, che per lei era stata anche una maestra, e intanto si convinceva che quel viaggio era in realtà un ricongiungimento. Il ricongiungimento tra sua madre e suo padre, che lei non aveva mai conosciuto e che sua madre aveva amato tanto.

Cos'è in fondo la morte, dove si va a finire? Quelli che abbiamo sepolto ci aspettano? Il paradiso, l'inferno, esistono veramente? Se c'era una giustizia divina che premiava con l'uno e puniva con l'altro, allora sua madre doveva aver certamente guadagnato il paradiso. Se lo meritava per migliaia di ragioni. A scuola aveva dato tutto, aveva educato decine di bambini al rispetto, insegnando l'amore, l'onestà, il senso della morale. Aveva un bel carattere e andava d'accordo con tutti. Aveva un cuore grande, così pieno di bontà da occuparsi anche dei gatti di strada. Per loro trovava sempre del tempo e del cibo con cui sfamarli. E poi, se anche avesse meritato un castigo, di certo non ci sarebbe stato bisogno dell'inferno, che non poteva essere niente in confronto ai dispiaceri che aveva vissuto in questo mondo. Lo diceva sempre: "Su questa terra ho conosciuto il paradiso e anche l'inferno." Ed era con la nostalgia e il rimpianto di tanti anni che l'aveva vissuto.

Un fazzoletto sui capelli scuri, Magnolia nascondeva gli occhi dietro un paio di occhiali neri come l'abito che indossava. "Ovunque siano, la morte li riunirà", si ripeteva.

Per sua madre, ogni occasione era buona per parlare di suo padre: era un *palikari* dalla carnagione scura, gli occhi verdi, i capelli impomatati, e quando indossava gli occhiali da sole tutte le ragazze del quartiere si affacciavano alla finestra per vederlo passare. Le tornò in mente l'immagine di quell'uomo bellissimo che prendeva corpo nella sua fantasia grazie alle storie di sua madre, ma non riuscì a sorridere… Da bambina, la curiosità la spingeva a fare domande in continuazione, voleva sempre sentire parlare di lui. Ed Elefteria gliene parlava, ogni volta sempre nel rimpianto. E le parlava anche della terra in cui era nata, di cui sentiva la mancanza, della città in cui aveva vissuto da ragazza. Istanbul…

Magnolia, figlia di Elefteria di Istanbul, che viveva ad Atene… Grazie a quelle memorie, ascoltando, immaginando, arrivò a conoscere strade che non aveva mai visto e la città che Elefteria chiamava "casa", dove era nato l'amore più bello…

Quando il corteo, lentamente, raggiunse la tomba, la liturgia funebre poté iniziare. Questa volta il *Divino Trisagio* risuonava per Elefteria. Intorno, solo silenzio.

- Santo Dio… Santo, forte Dio… Santo forte… Santo immortale… Abbi pietà di noi!

Durante l'inno, Magnolia non riuscì più a contenersi, quella perdita era davvero prematura.

"Perché così giovane?", domandò al Signore.

Si guardò intorno, dopotutto c'erano donne più vecchie di sua madre, e non erano forse loro le più vicine alla morte?

In un attimo fu ricoperta di terra, strato dopo strato, e si compì la sepoltura. Sarebbe rimasta laggiù molto più tempo di quanto ne aveva trascorso quassù. L'idea era insopportabile, così come sapere che non l'avrebbe più rivista. Mentre il feretro veniva calato si rifiutò di guardare.

In quel momento le tornò in mente una storia che amava molto e che la madre le raccontava quasi tutte le sere quand'era piccola. Ma ora questa storia non poteva più sentirla, così come tante altre. Non le restava che fantasticare e ricostruirle nella sua immaginazione. Chiuse gli occhi e ripensò a sua madre. Ecco, era di nuovo tra le sue braccia e lei le accarezzava i capelli nerissimi.

- Mamma, ti prego, voglio sentire la storia del pesciolino.

Le piaceva così tanto che ogni volta rideva a crepapelle.

Ora aveva trentatré anni, ma che importava, voleva ritornare bambina e riprovare le stesse emozioni.

- Dai, mamma, racconta!

Elefteria non la finiva mai di dire quanto era bello il Bosforo a quei tempi, e Magnolia era arrivata a pensare che il paradiso doveva essere quello.

- Una volta il Bosforo era tutta un'altra cosa, un'orchestra che suonava per gli occhi, composta da piante di tutti i tipi, ciascuna era uno strumento differente. Ah... Ah! Adesso invece guardo le foto sui giornali e mi accorgo di quanto sia cambiato!

La fioritura dei siliquastri in primavera, il profumo delicato dei tigli, i famosi platani secolari in ogni quartiere... Con l'arrivo della bella stagione l'orchestra si animava e iniziava a suonare più vigorosa. Ogni anno, quando sugli alberi sbocciavano fiori di mille colori e nei giardini delle case i roseti rigogliosi salutavano la primavera, il Bosforo tornava a far innamorare.

- Una volta ci sono andata con tuo padre, era una domenica. C'era gente che pescava e anche noi abbiamo comprato una lenza. Tuo padre l'ha presa e ha soppesato il piombino all'estremità. Ha regolato il filo, con la mano all'altezza dei fianchi. Non appena il piombino ha raggiunto la posizione giusta lui ha cominciato a farlo roteare, roteare, roteare, roteare... Finché lo ha lanciato in mare. Il piombino è affondato in un punto lontano e pian piano lui ha iniziato a ritirarlo. "Ha abboccato, ha abboccato!", gridava euforico. Poi ha riavvolto la lenza più velocemente. "Eccolo, eccolo che arriva!" E infatti, non aveva preso uno sgombro? "E adesso che ci facciamo, Elefteria?" "Ha gli occhi terrorizzati, è sconvolto, poverino, cosa pretendi, è la prima volta che vede il mondo. Boccheggia ed è pure ferito." Tuo padre ha estratto delicatamente l'amo dalla bocca del pesce, lo ha baciato, e lo ha allungato verso le mie labbra. Ma si possono baciare, i pesci? "Se non lo avessi fatto sarebbe morto." "Su, vai, arrivederci!", gli abbiamo detto. Allora lui ha lanciato di nuovo la lenza in mare e di nuovo ha preso un altro pesce, facendo attenzione lo ha liberato dall'amo e me lo ha avvicinato. Prima io, poi lui, lo abbiamo baciato e ributtato in acqua... Così per altri venti, trenta pesci. Se fossimo rimasti fino a sera mi avrebbe fatto baciare tutti i pesci del Bosforo...

"Tra poco saranno insieme, in paradiso. Si dimenticherà dei patimenti di questi anni. Andranno di nuovo a Istanbul, a pescare nel mare dello stretto. A turno baceranno tutti i pesci del Bosforo per poi ributtarli in acqua. Avranno tutto il tempo."

"Sarà davvero così? E cammineranno di nuovo tenendosi per mano? Ah, come vorrei saperlo."

- Mamma cara! - riuscì a dire mentre le lacrime le scendevano dagli occhi, ai lati degli occhiali neri.

La terra aveva coperto il feretro. I vicini, i parenti, i vecchi studenti, gli amici suoi e di sua madre le sfilarono davanti uno ad uno per farle le condoglianze. Allora capì quanto fosse difficile essere forti, riuscire a rimanere in piedi nel momento del dolore più grande...

- Sono sua figlia, devo essere forte come lei.

Alta, lunghi capelli neri e ricci, occhi grandi come due

olive, Magnolia era di una bellezza e di una presenza imponenti, che colpivano chi la guardava. La testa sollevata, le spalle dritte, le gambe lunghe, camminava calpestando il suolo con fermezza. Era abituata a non legarsi mai i capelli, ma la sua bellezza non ne risentiva. Quando il vento la spettinava, sembrava Afrodite, suscitava l'invidia delle donne e l'ammirazione degli uomini. Quando sorrideva mostrava una fila dritta di denti lucenti come perle, e un viso angelico completava una figura forte e fiera. Magnolia, la donna che tutti si voltavano a guardare, tanto incantevole quanto irraggiungibile.

L'assenza del padre, questo era l'unico neo nella sua vita. Ma la madre non aveva mai permesso che fosse una debolezza. Le aveva dato un carattere forte e sicuro, e uno spirito combattivo di fronte alle difficoltà. Chi la conosceva diceva che erano sue sia la bellezza che la forza.

Quando anche l'ultima persona fu passata a salutarla, davanti alla tomba non rimase che qualche parente stretto e qualche amico.

Con la mano fece loro cenno di andarsene.

Voleva rimanere sola. Si avvicinò alla tomba, affranta, e si inginocchiò. Affondò le mani nella terra, come a toccare la madre... Intorno non era rimasto nessuno. Voleva piangere, buttare fuori quel che sentiva dentro. Si ricordò della nostalgia più grande che la madre aveva provato.

-Mi hai sempre parlato di Istanbul, di Beyoğlu, di Yeniköy, di Bebek, del Bosforo, della nostra casa laggiù, di mio padre... Dovevamo andarci sempre l'anno dopo, nella terra che ti mancava... Ma l'anno dopo arrivava e noi non ci siamo andate mai. Te lo prometto, al posto tuo ci sarò io a respirare l'aria dello stretto, reciterò io sulla tomba di mio padre le preghiere che tu non sei riuscita a recitare. Forse mi stai ascoltando, stai ascoltando la mia promessa. Non so quando, ma di certo lo farò, mamma! Lo farò per te.

Non voleva andarsene. Voleva rimanere lì, stendersi accanto a lei, abbracciarla, ascoltare anche senza capirne le parole, le canzoni che le cantava in turco...

Non voleva tornare a casa.

- Se solo potessi stendermi qui con te, come quando ero piccola, per ascoltare di nuovo le storie su mio padre. Se solo tu potessi raccontarmi di quando vi ritroverete, correndo verso piazza Taksim, del suo cuore che batte mentre ti guarda arrivare da lontano, del vostro amore.

- Quel giorno mi aspettava a Taksim. Mi ero messa il profumo che gli piaceva. Voleva che lasciassi i capelli sciolti per farmeli scompigliare dal vento, e che mi vestissi di blu. "Il colore del mare infonde serenità, e tu sei la mia serenità, sei tu che doni pace alla mia anima, Elefteria! Quando pronuncio il tuo nome il mio cuore prova sollievo", così mi diceva tuo padre...

Quanto avrebbe voluto vederli riuniti. Se lo immaginava, quel grande amore, sulle rive del Bosforo. Cosa non avrebbe dato per vedere la madre con i capelli che ondeggiavano al vento, con la testa sulla spalla del padre.

Quando le capitava di incontrare dei bambini che camminavano per mano ai genitori, Magnolia le si aggrappava ancora più stretta. E faceva finta che ci fosse lui a tenerle l'altra mano. Non sapeva che faccia avesse, ma il bene che le voleva sì, lo conosceva, e anche la sicurezza che quella stretta le trasmetteva. Se solo quei sogni non fossero mai finiti e lei non si fosse mai svegliata...

Elefteria aveva sempre vissuto nell'inesauribile nostalgia per la propria terra e insieme nel rimpianto del proprio amore. Ed era talmente brava a farne dei racconti per la figlia, che lei in quelle fiabe si perdeva. Al punto da desiderare che nessuno la ritrovasse più. Da piccola, riviveva quelle fiabe ogni notte. Da grande, si sforzava di comprendere il sentimento infinito che legava sua madre a suo padre, e più lo comprendeva più lo amava. La mancanza del padre, la più grande della sua vita, si era dissolta nell'amore tra i suoi genitori, così bello da alleggerire il dolore stesso della mancanza. E loro due, nelle sue fantasie, erano sempre insieme, sempre a Istanbul... La patria. Ora in un cinema di Beyoğlu, ora a Taksim, ora sul Bosforo, ma sempre a Istanbul. E mai ad Atene, non poteva essere...

Più ci pensava, più si commuoveva. Chi era rimasto la osservava in silenzio, aspettando con rispetto che la figlia dicesse addio alla madre.

Poi Magnolia piano piano si alzò, si passò un fazzoletto e guardò la tomba ancora una volta. A chi la stava aspettando rivolse un cenno, come per dire "va bene". Con voce roca disse:

- Andiamo...

2

Senza di lei

Si mise in salotto, e lì ricevette le visite di condoglianze, in silenzio. Si era seduta sulla poltrona su cui di solito sedeva sua madre. Gli ospiti erano lieti di prendere parte a questo rito, di starle accanto. I vecchi studenti, i vicini...

Pian piano, andarono via alla spicciolata. La casa si svuotò. Magnolia si sedette di nuovo sulla poltrona. Pensava alla madre, ai suoi ricordi, alla nostalgia per il suo paese, a Istanbul.

D'un tratto le venne in mente quando l'aveva rimproverata:

- Ah, figlia mia, ascoltami, il tempo passa, è ora che ti sposi. Quando per la prima volta ti ho tenuta tra le braccia avevo diciannove anni. Tu ne hai trenta e sei ancora a casa…

- Ah, mammina! - aveva risposto lei, e se ne era andata in camera sua.

Si sentiva stanca, doveva farsi un bagno ma non aveva voglia di muovere un dito.

Andò a stendersi sul letto, e si accorse che stava sussurrando una canzone, ma non sapeva dire quando le fosse affiorata sulle labbra.

La canzone di Elefteria... La cantava Zeki Müren, un artista molto famoso. La madre le aveva anche mostrato le sue fotografie sui giornali.

Ti ho attesa per lunghi anni, il mio sogno è diventato realtà.
Non so resistere al tuo profumo, mia bella magnolia.
Sei il mio fiore delicato, non posso fare a meno di amarti.
Non so resistere al tuo profumo, mia bella magnolia.

Gliela cantava ogni volta che lei non riusciva a dormire, o quando accorreva perché aveva paura di qualcosa. E si scambiavano poi sempre le stesse domande e le stesse risposte:

- Ti piace questa canzone, mamma?

- Sì, tesoro mio, moltissimo.

- Perché?

- Era la nostra canzone, mia e di tuo padre.

E dalla loro canzone avevano preso il suo nome, Magnolia.

Lui l'aspettava sempre al parco di Taksim.

- Ragazza mia, non era semplice! Avevamo una tale fifa che qualcuno del quartiere ci vedesse. Tuo padre mi guardava negli occhi imbarazzato, la mano destra sul cuore, "quando ti guardo sento un calore, qui dentro", mi diceva. Io ero molto bella, da giovane, ma non avevo occhi che per lui. Ah, che giorni... Quando lo vedevo imboccare il vicolo la testa iniziava a girarmi. Nel pieno della notte veniva sotto la mia finestra a lanciare sassolini contro il vetro. Appena li sentivo, andavo a tirare la tenda. Se non mi vedeva non riusciva a dormire tranquillo. Una notte mi ero addormentata. Il nonno, insospettito da quel ticchettio, era sceso di sotto, ma lui, vedendo le luci accendersi, era già scappato via. Ci eravamo svegliati tutti, chiedendoci cosa stesse succedendo. Tuo padre si era nascosto all'angolo della strada. Ci eravamo alzati e dalla finestra lo avevamo visto passeggiare per la via come se niente fosse, con le mani in tasca fischiettava la canzone *Il vagabondo*.

Quando Elefteria iniziava a raccontare, gli occhi le si riempivano di lacrime, faceva un respiro profondo e taceva.

- Mi manca tanto, tantissimo - aveva detto una volta.

Gli anni erano passati e Magnolia era stata ammessa all'università. Ma la notte chiedeva ancora a sua madre di raccontarle del padre. Ed Elefteria raccontava.

- Mamma, ami ancora papà? Oppure ti bastano i ricordi?

- Mi accontenterei di avere qui anche solo la sua ombra.

3
I giorni del cordoglio

Si svegliò ai rintocchi della campana della chiesa, era domenica.

"Non possiamo perdere la liturgia del mattino", diceva sua madre, riuscendo sempre a trascinarcela a furia di insistere. Ora, a dirglielo, non c'era più nessuno. Quella domenica la celebrazione era tutta per Elefteria, "altrimenti non ci andrei", pensò Magnolia. Alla liturgia sarebbe seguita la distribuzione del cibo per i poveri, e poi di nuovo tutti a casa per le condoglianze. Tre giorni di rituali a cui non poteva sottrarsi, per sua madre.

- Prima ho bisogno di un bagno - si disse.

Quanto le sarebbe piaciuto andare a fare una passeggiata dopo la funzione, invece che tornare a casa.

Nonostante fosse ancora mattina presto, il caldo si faceva già sentire. Per fortuna la chiesa non era poi così distante.

Erano venuti in tanti ad assistere alla funzione, avevano già iniziato a prendere posto. La liturgia durò più di quella del giorno prima. L'odore dell'incenso... I canti...

Il tempo non voleva saperne di passare. Alla fine, Magnolia si precipitò sul sacrato della chiesa per occuparsi della distribuzione degli alimenti. Ogni cosa, quel giorno, doveva essere perfetta, e in effetti niente stava andando storto. Questo genere di cose non erano del tutto nelle sue corde, ma sua madre era una donna di fede, e i riti in suo onore dovevano essere rispettati alla lettera.

Aveva perso prima il nonno e poi la nonna, ed era stato proprio lì che sua madre le aveva detto:

- Quando morirò, voglio che tutto sia perfetto, figlia mia, mi raccomando, non dimenticarlo!

Non ne aveva parlato con nessuno, ma quel giorno si sentiva come in debito di una promessa difficile da mantenere. Non doveva esserci nulla fuori posto e questo la rendeva inquieta.

Era ora di tornare a casa, o presto ci sarebbe stata la fila davanti alla porta.

Gente che veniva e gente che se ne andava. Ripetere le stesse parole, rinnovare continuamente il dolore può essere stremante... I vicini l'aiutavano, certo, non le facevano muovere un dito, ma era stanca dei loro sguardi addolorati, non la smettevano di ricordarle la morte.

Quando tutti se ne furono andati, si rimise sulla poltrona e allungò i piedi. Quell'andirivieni le era sembrato infinito, lo aveva sopportato solo per sua madre. Le visite sarebbero finite l'indomani, poi sarebbe mancata solo la liturgia di suffragio, dopo quaranta giorni.

Magnolia passò il terzo giorno in casa, per ricevere gli ospiti aveva indossato il suo solito vestito nero. Le faceva piacere che venissero a esprimerle i loro rispetti, la gratitudine nei confronti di sua madre. Soprattutto i vecchi alunni. Alcuni non vedevano la loro insegnante da anni, ma si erano precipitati lo stesso. Non riusciva a dire esattamente in quanti fossero venuti a casa, o al funerale, ma di sicuro erano tanti.

"Era così amata", si diceva sorridendo.

Arrivò la sera, finalmente, e anche l'ultimo ospite se ne andò. Con Magnolia rimase solo l'amica Celena. In quei giorni le era stata di grande sostegno. Anche lei, come Elefteria, era nata a Istanbul, e anche lei aveva provato lo stesso dolore ventiquattro anni prima.

Celena aveva quattordici anni quando le dissero, improvvisamente, che avrebbe dovuto lasciare il suo paese. Era partita nove anni dopo Elefteria. Che le faceva mille domande, ogni volta che andava a trovarle, per sapere cosa fosse cambiato nel frattempo. Celena raccontava quello che si ricordava e intanto la nostalgia che entrambe provavano per la loro città si rinnovava, capitava che non riuscissero a trattenersi e scoppiassero a piangere. Anche Magnolia, quando si univa a loro, arrivava a sentire la mancanza della "terra dei padri" che non aveva mai visto.

- Cosa abbiamo fatto di male per doverci separare dalla nostra terra? - si domandava sempre Elefteria. - Mi manca tanto... Tanto... - e si chiudeva nei suoi pensieri.

Però non passava molto tempo perché rompesse il silenzio e ricominciasse a raccontare. Di come quella notte spaventosa, tra il 6 e il 7 di settembre, la sua casa era stata incendiata. Dei tre giovani turchi che avevano tentato di placare le fiamme. Di come erano finiti in ospedale.

Quel giorno, all'ora di pranzo, il padre di Elefteria aveva portato la sua famiglia da una zia a Yeniköy. Avevano affidato la casa ai vicini, erano saliti in macchina ed erano partiti. Si diceva che stava per accadere qualcosa, e la situazione a Beyoğlu si faceva complicata. Di notte una folla furente aveva riempito la loro via, aveva rotto e distrutto ogni cosa, era entrata nelle case vuote per saccheggiarle. Quei tre giovani, insieme ad altri vicini, si erano opposti cercando invano di spegnere le fiamme che avvolgevano gli edifici. Uno era stato preso a bastonate, erano pieni di ferite. Alla fine, i vicini li avevano presi e portati in ospedale.

Le case che avevano preso fuoco erano tre, e una era quella di Stavro il dentista.

- Piangeva, tuo nonno, ogni volta che ricordava quel che gli avevano fatto. Era tornato a Beyoğlu tre giorni dopo. Appena imboccato il vicolo ha visto i vetri rotti, i mobili buttati per strada, le case dei vicini che fumavano ancora. È stato costretto a fermare l'auto, non poteva proseguire fino alla fine della via perché tutti quei mobili ostruivano il passaggio. Armadi, tavoli, comodini, tende strappate, vestiti... Se c'era qualcuno in strada, era talmente indaffarato a recuperare gli oggetti rimasti intatti che non si accorgeva di nessuno. Il nonno è sceso dalla macchina e ha iniziato a camminare. Nella sartoria di Koço non c'era più nemmeno una stoffa, le piccole vetrine dove esponeva i rotoli dei tessuti erano andate distrutte. La porta d'ingresso del vicino cadeva letteralmente a pezzi. E poi la nostra casa. I muri segnati dal fumo andavano dal nero al grigio, le cornici delle finestre erano ridotte in cenere, l'aria era ancora pervasa da un intenso odore di bruciato. Mio padre, poveretto, vedendo cosa restava del luogo in cui suo nonno, suo padre, lui stesso erano cresciuti, si è inginocchiato e ha cominciato a piangere: "Che vi abbiamo fatto? Perché?" I giovani che si erano opposti alloggiavano nella pensione di Madame Agate, proprio lì di fronte. Due di loro, usciti in strada, lo hanno chiamato: "Stavro *amca*!", e si sono abbracciati. Gli hanno raccontano cos'era successo e gli hanno chiesto scusa, non erano riusciti a fermarli. Poi, sono andati insieme all'ospedale dove il loro amico era ancora in coma. Piangeva, mio padre, e pregava perché il ragazzo avesse salva la vita. Io, per fortuna, la casa in quello stato non l'ho mai vista. Non siamo riusciti a recuperare nulla... Solo i ricordi... L'ospedale aveva lasciato tuo nonno davvero impressionato: "Non riesco a togliermi dalla mente l'immagine di quel ragazzo ridotto così per aver difeso la nostra casa. Noi siamo greci, loro sono turchi, eppure eravamo buoni vicini, guarda cosa non hanno fatto per proteggerci." Nel vicolo lui non ci avrebbe messo più piede. Si è allontanato, e per un po' è rimasto seduto da qualche parte nei dintorni, a riflettere. Ha deciso di delegare tutto a Dimitri, un caro amico. È andato in banca per ritirare il denaro che aveva, il giorno dopo ha venduto l'auto a metà prezzo e ha comprato un biglietto Sirkeci-Atene. In seguito Dimitri *amca* ci ha inviato i soldi della vendita dei beni rimasti. Così ha voluto il destino!

- E cosa ne è stato del giovane in ospedale? - le aveva chiesto una volta Celena.

- Non lo so, - aveva risposto Elefteria con dispiacere - non so neanche se sia vivo o morto. Non siamo più riusciti ad avere notizie, questa è l'unica cosa che mi ha detto mio padre. E mia madre, quanto ha pianto per lui, tutta la mia famiglia sembrava aver dimenticato i propri problemi. "Chissà come sta", ci chiedevamo sempre. Sapevamo solo che sarebbe dovuto partire per il militare. Speriamo che si sia rimesso e sia riuscito a partire. "Se è morto che Dio lo abbia in gloria, se è vivo che gli fischino le orecchie", dicevano i nostri vicini turchi, e così diciamo anche noi.

"Ogni volta che raccontava questa storia, mia madre si estraniava nel silenzio. Nostalgia, dolore, sofferenza... Il suo volto sembrava che parlasse, e intanto mentre con la mente se ne andava lontano, a Istanbul, vicino a mio padre", pensò Magnolia.

4

Una nuova vita

Si svegliò madida di sudore, era già caldo.

Prima di tutto le serviva una doccia, poi avrebbe fatto colazione e si sarebbe messa al lavoro. I giorni del cordoglio, con tutte quelle persone che venivano a ricordarle il suo dolore, erano finiti. Era rimasta sola, ormai, doveva rassegnarsi. D'ora in poi avrebbe organizzato la sua vita solo secondo le proprie esigenze. Prima, quando doveva prendere una decisione, pensava anche alla madre, sentiva di dover trovare una soluzione che andasse bene a entrambe. Capitava, ed era davvero seccante, che si consultassero anche per il più piccolo cambiamento che riguardava la casa.

Che lo volesse o no, alcune cose sarebbero state diverse...

I primi cambiamenti li avrebbe fatti nella stanza di Elefteria. Talvolta a Magnolia capitava di non volerci mettere piede, lì dentro, mentre da bambina ci andava con tanta gioia. Da che avesse memoria, a parte il copriletto, la disposizione dei mobili era rimasta la stessa. Immaginava di aggiungerne degli altri, piano piano, forse ci sarebbe stato bisogno di una mano di vernice e di una piccola ristrutturazione. Bisognava iniziare da qualche parte e, sì, bisognava iniziare da lì.

Abbassò la tenda da sole sul balcone e apparecchiò la tavola per fare una bella colazione. Rimase seduta a lungo, quasi fino all'ora di pranzo, e non si preoccupò nemmeno di sparecchiare. Non c'era più chi le diceva: "Su, figliola, se hai finito di mangiare sparecchia!"

Arrivata nella camera della madre, prima tirò le tende e poi spalancò le finestre. Erano cinque giorni che non ci entrava. La passò in rassegna con lo sguardo, lentamente. Le tende bianche per tutto quel tempo erano rimaste chiuse. Le aveva fatte Elefteria, all'uncinetto, chissà quanto ci aveva messo, con quale pazienza, con quale stato d'animo... Il cassone di noce e la toilette erano sempre lì, proprio di fianco alla porta. Attraverso quella porta Magnolia l'aveva osservata tante di quelle volte, mentre si truccava o si pettinava i lunghi capelli neri, seduta lì, davanti allo specchio. Guardò il letto, sopra la coperta con i tulipani che aveva ricamato sempre lei. Di lato l'armadio, enorme, con le ante che quando le aprivi cigolavano. Si ricordò di quando da bambina si svegliava con quel cigolio. Anche il colore delle pareti era rimasto lo stesso. Marrone chiaro, quello che hanno al centro le magnolie bianche quando sbocciano. Appesi c'erano due quadri, uno con la torre di Leandro, l'altro con un panorama del Bosforo. Elefteria li aveva commissionati a un pittore venuto anche lui da Istanbul. Ogni notte, guardandoli, immaginava di vivere lì. Magnolia li amava allo stesso modo, era rapita dall'incanto dei colori vivaci, e mescolando i disegni ai racconti della madre fantasticava su quei luoghi. Quando dormiva con lei, li osservava a lungo, incantata.

- La torre di Leandro e il Bosforo sono in realtà molto più belli di come appaiono qui - diceva Elefteria.

Magnolia sentì di dover provare a eludere i ricordi. Poteva donare i vestiti ai più bisognosi, ad esempio. "Mi sbarazzerò di tutto ciò che me la fa tornare in mente... Le fotografie no, però, quelle le conservo. La cosa migliore è cominciare dai vestiti. Questo armadio sta per scoppiarmi addosso, devo aprirlo e svuotare i cassetti. Dirò al rigattiere di passare a prendere quello che non mi serve."

Tirò fuori gli abiti e li distese sul letto. Poi guardò nei cassetti. Calze, corpetti, biancheria... Ammucchiò ogni cosa, una sull'altra. Poi passò alla toilette.

- Uff, qui è tutto mischiato! Devo prima trovare una scatola.

Scelse i profumi che voleva tenere e svuotò anche quei cassetti. Dal tavolo nell'angolo prese la scatola con le fotografie e la mise sul letto. Quanti ricordi... Ritratti di suo nonno, di sua nonna, della bisnonna, della zia paterna di sua madre... Sua madre insieme a delle ragazze che non conosceva davanti alla casa di Beyoğlu... Com'era bella a quell'età, ma le foto rimaste di Istanbul erano così poche, la maggior parte risaliva a dopo l'arrivo ad Atene.

- In verità una volta queste foto erano molte di più, ma sono state ridotte in cenere durante l'incendio della casa. Quanto alla zia, il nonno non l'ha lasciata da sola a

Istanbul, l'ha portata con noi ad Atene. Da quando è morta, le sue foto le conservo io. E tu, figliola, non gettarle via.

Invece, le foto scattate dopo il trasferimento ad Atene erano decisamente troppe.

Si faceva sempre più caldo, d'altronde quella stanza era esposta al sole fin dalle prime ore del mattino. Magnolia si sentì soffocare. Andò in cucina, prese l'acqua dal frigo, la versò in un bicchiere e la bevve in un sorso.

- Un altro! - disse.

Dopo il terzo bicchiere tornò in camera. Guardando quelle foto, le sembrava come di parlarci, con sua madre. Le osservò una per una. E più si soffermava, più le sembrava di tornare al tempo in cui erano state scattate.

Teneva in mano una foto di Elefteria sulle rive del Bosforo. Non sapeva dove precisamente, non riusciva a ricordare, chissà se lei glielo aveva detto. Di solito le descriveva tutto fin nei minimi particolari, con gli occhi pieni di malinconia. Magnolia guardò lo scatto, sulla sinistra si vedevano la strada e due auto. Le colline alberate sullo sfondo erano così belle da infondere un senso di quiete, persino in fotografia. Il Bosforo, che si apriva sulla destra, sembrava un fiume dal corso tranquillo. Dal luccichio delle sue acque si intuiva che era una giornata di sole.

Quando affondò la mano sinistra nella scatola, si rese conto che c'era dell'altro.

- Cos'è? - mormorò.

Dentro c'era una scatola più piccola, una scatoletta di legno, di vecchia fattura, con il coperchio in madreperla. Non l'aveva mai vista prima, ne era sicura. La prese e l'agitò.

Non c'era niente che facesse rumore, se non qualcosa che ne urtava gli angoli. Elefteria teneva tutte le chiavi in un unico mazzo, che di solito riponeva nella borsa. Magnolia cominciò a cercarla dappertutto. Guardò sul mobile all'ingresso, ma non c'era.

- Magari l'ha portata in ospedale e l'abbiamo dimenticata lì?

Passò in salotto, poi entrò di nuovo in camera, controllò persino in cucina e in bagno. Intanto continuava a ripetersi: "Dove non ho guardato, dove non ho guardato?" E le venne in mente camera sua. Ci andò subito, la borsa era accanto al letto, in un angolo. L'aveva lasciata lì quando la madre non era più riuscita a sopportare i dolori lancinanti e avevano deciso di andare in ospedale. Vedendola con la borsa gliel'aveva tolta dalle mani: "Suvvia, mamma, che devi farci con questa in ospedale?"

La prese e ritornò nella camera della madre. Le chiavi del cancello, della porta d'ingresso, del ripostiglio, delle varie stanze... E nascosta in mezzo alle altre, ce n'era anche una piccolissima. Quando rientravano insieme a casa, capitava che Elefteria tirasse fuori il mazzo già all'imbocco del vicolo, per tenerlo pronto, ma quella piccola chiave Magnolia non l'aveva mai notata. La infilò nella serratura della scatoletta e girò. Ancora uno scatto e il coperchio si aprì. Dentro, una penna e uno spesso quaderno blu. Sorrise.

- Ah, mammina, non dirmi che tenevi un diario!

Lo prese e lo strinse al petto.

- Mia cara mamma... Chissà cosa contiene... - si chiese, e si spostò in salotto.

Era impaziente di leggerlo, ma prima doveva farsi un caffè. Mentre lo preparava, in cucina, canticchiava la sua canzone. Lo versò, tutto schiumoso, nella tazza che un tempo era stata della zia di sua madre e ancora prima di suo nonno, tanti anni prima, quando abitavano a Istanbul. D'altronde lei lo diceva sempre: "Il caffè deve avere tanta schiuma, altrimenti non ha sapore!" Ormai anche Magnolia ci aveva fatto l'abitudine. Mise la tazza sul tavolino insieme a un bicchiere d'acqua e prese in mano il diario.

Non ne aveva mai saputo niente. Chissà da quanto lo scriveva, chissà di chi parlava... Ma le bastò aprire la prima pagina per capirlo. Erano riportate le parole della loro canzone.

La mia piccola Magnolia...

- Come le piaceva, questa ne è la riprova - mormorò.

Un sorriso le era affiorato sul volto. La pagina successiva cominciava sempre con il suo nome...

"Magnolia oggi ha detto 'mamma' per la prima volta."

"Ho iniziato a insegnare, sono molto felice."

"Magnolia oggi comincia la scuola."

"Magnolia è caduta dall'albero e si è rotta un braccio."

"Magnolia ha finito la scuola."

"Magnolia inizierà la nuova scuola."

E qua e là, il diario era intriso della nostalgia per Istanbul. Sfogliandolo, una serie di ricordi che la riguardavano prendevano vita, rituffandola nel passato. Lo lesse tutto, pagina per pagina, a volte sorridendo, altre intristendosi. Ad ogni riga sentiva come di ritrovarsi faccia a faccia con sua madre.

Si fece notte, ormai era da un po' che era calato il buio. Presa com'era dalla lettura si era dimenticata persino di aver fame.

- Devo mangiare qualcosa!

Prima di alzarsi ripose con grande cura il diario nella scatola e chiuse il coperchio. Andò in cucina e si preparò qualcosa, prese il piatto e uscì sul balcone.

Era felice di quella scoperta, voleva leggere e rileggere soprattutto le parti che parlavano di sua madre. Non poteva esserci nulla di più bello, più puro, più schietto di quel diario per sapere cosa aveva pensato sua madre quando lei era neonata, durante la sua infanzia e adolescenza. Finito di mangiare, riprese a leggere sul balcone. Ma quando tirò fuori il diario dalla scatola si accorse che sul fondo, sotto la stoffa, c'era qualcosa. La sollevò e vide una busta. La prese in mano, era piuttosto voluminosa. Corse in camera sua per recuperare il tagliacarte e aprirla. C'era dell'altro, quindi, forse questioni private! E l'idea di scoprire i segreti di sua madre, fino ad allora tenuti nascosti, la eccitava.

- E questi cosa sono? - disse tirando fuori dei fogli.

Chi le scriveva? Non riusciva a capire una parola perché la lettera era in turco. "Perché in turco?", si chiese. "Forse aveva paura che qualcuno la trovasse e la leggesse", pensò, ma non riusciva comunque a trovarci un senso. Le venne subito in mente Celena. Era partita da Istanbul nel 1964, conosceva la lingua ancora molto bene.

- La farò leggere a lei, la metto subito in borsa per non dimenticarla.

Uscì di nuovo sul balcone, questa volta con le fotografie di sua madre, così elegante negli abiti che andavano di moda quando era giovane. Magari ce ne fosse stata anche una di suo padre. Si erano sposati prima che lei si trasferisse ad Atene, ed erano partiti in luna di miele. Qualche settimana dopo il loro rientro a Istanbul, lui era morto in un incidente d'auto. Poi era seguita quella spaventosa notte del settembre del 1955, e la sua famiglia si era precipitata a lasciare il paese. Se fosse rimasta anche una sola fotografia, non avrebbe dovuto sforzarsi per farsi un'idea del padre, del suo volto. A mancarle erano soprattutto gli scatti delle nozze, cosa avrebbe dato per vedere i giorni più felici che i suoi genitori avevano trascorso insieme.

Avrebbe voluto mostrarle a qualche conoscente, quelle fotografie, e poter dire: "Ecco la mia famiglia..."

Il bisogno di un'immagine del padre lo aveva sempre avuto, ma non era mai stato così disperato come in quel momento, si sarebbe fatta bastare anche una foto formato tessera.

Da bambina, ogni tanto le capitava di sentire il nonno e la nonna che rimproveravano sua madre:

- Figliola, ancora non ti sei sposata, sfiorirai e sarà troppo tardi.

All'inizio Magnolia non capiva cosa volessero dire, ma quelle parole le erano rimaste impresse. In seguito, quando fu un po' cresciuta, i nonni avevano insistito di nuovo, ma Magnolia l'aveva difesa:

- No! Mia madre è già sposata con mio padre.

Quanto aveva pianto quella notte, mentre Elefteria cercava di consolarla:

- Figlia mia bella. Certo che sono sposata con tuo padre, i nonni scherzavano.

Era così arrabbiata con loro.

Posò sul tavolo la scatola con dentro il diario e la busta, accese la televisione e si stese sulla poltrona.

- Domani la farò leggere a Celena e vedremo un po' cosa scriveva Madame Elefteria - disse, e si perse a guardare la tv.

5
La lettera

La mattina dopo di nuovo un caldo soffocante. Magnolia voleva dormire, ma l'afa non aiutava.

- Alzati! - si disse. - Hai da fare. Prima una doccia per rinfrescarti, poi la colazione e poi uscirai.

Suo nonno, sua nonna, la sua prozia, sua madre, e con loro migliaia di altri greci, erano arrivati dalla Turchia nel 1955. Si erano dispersi ai quattro angoli di Atene, dove avevano ripreso la loro quotidiana lotta per la sopravvivenza.

- Perché non sei rimasta a Istanbul? - aveva chiesto una volta alla madre.

E lei le aveva raccontato di quella notte. Erano stati costretti a lasciare la città senza poter prendere niente. Quando erano saliti sul treno alla stazione di Sirkeci, della loro vecchia vita restavano solo gli abiti che indossavano e quelle poche cose che avevano portato dalla casa della zia a Yeniköy. Elefteria non aveva neppure fatto in tempo a salutare i suoi amici. "Qui non siamo più al sicuro ormai", diceva suo padre, e aveva subito scritto al fratello ad Atene, dove presto avrebbero trovato rifugio.

La maggior parte dei greci aveva lasciato Istanbul proprio in quell'anno. Non passò molto tempo, però, e nel 1964 seguì una seconda ondata a causa della tragica situazione che questa volta toccava Cipro. Il governo turco aveva emanato un decreto per tutti i greci di Istanbul: in cambio di quattro soldi avevano l'ordine di lasciare il paese entro quarantotto ore. E così avevano raggiunto Atene anche molte altre persone che conoscevano Elefteria. Al loro arrivo si erano disperse, avevano fatto passare gli anni senza rivedersi, forse per non ricordare il buio di quei giorni terribili.

Magnolia prese la borsa e uscì. "Devo assolutamente sapere cosa c'è scritto in questa lettera, ci vuole qualcuno di fidato", pensava, quando era già in strada. Molto probabilmente riguardava una faccenda privata, non erano cose da far leggere a chiunque.

- Celena è la persona giusta... Al ritorno prenderò un taxi - continuò a ripetersi.

Venti minuti dopo si trovava davanti alla ditta dove lavorava Celena. Disse al custode che era una sua amica, e si mise ad aspettarla all'ingresso. Pochi istanti e Celena arrivò. L'abbracciò stretta, facendole di nuovo le condoglianze.

- Vuoi qualcosa di fresco da bere?

- Non voglio disturbarti mentre lavori. È una cosa molto importante, in pausa pranzo raggiungimi al caffè, mangiamo insieme e ti racconto tutto.

Per quanto l'amica avesse insistito per ricevere qualche anticipazione, Magnolia era sicura di voler aspettare.

Entrò nel caffè, si sedette a un tavolo e ordinò dell'acqua. Tirò fuori il diario dalla borsa e cominciò a rileggere, sorridendo, le parti già passate in rassegna la sera prima. Era così immersa nella lettura che quando Celena arrivò lei nemmeno si accorse, e sentendola parlare fu come svegliarsi da un lungo sonno.

- Sentiamo, racconta anche a me che c'è di così importante!

- Prima mangiamo, ho molta fame.

Magnolia ripose il diario nella borsa e chiese al cameriere il menù. Mentre pranzavano si misero a discutere del tempo e di dove sarebbero andate in vacanza quell'anno. Ma quando il cameriere venne a riprendersi i piatti vuoti, Celena la guardò negli occhi:

- Avanti, ti ascolto!

Magnolia aprì la borsa.

- Il diario di mia madre! L'ho trovato in una scatola, sul fondo c'era anche una lettera. Solo che è in turco ed è anche bella lunga, cinque pagine. Dieci, se le conti fronte-retro. Puoi tradurla per me?

Celena era rimasta a Istanbul fino al termine delle medie. Aveva studiato alla scuola greca ma le lezioni erano in turco, quindi lo capiva e lo scriveva molto bene.

- Non c'è problema. Lasciamela, se vuoi, stasera a casa la traduco con calma. Siamo in pochi al lavoro, in questi giorni, sono quasi tutti in ferie. Non voglio farlo di fretta.

- E se tenessi io l'originale e ti dessi delle fotocopie?

Tornarono insieme alla ditta. Si era fatto tardi e appena entrarono la segretaria fece un cenno a Celena:

- La stanno aspettando.

- Me ne occupo io, ti lascio una busta, tu pensa al tuo lavoro - le disse Magnolia. E andandosene aggiunse: - Ci vediamo domani a Kolonaki[1], ma questa volta il pranzo lo offri tu! E vedremo cosa c'è scritto in questa lettera.

Magnolia fece le fotocopie, le mise in una busta e la consegnò alla segretaria. Lasciò la ditta, salì su un taxi e tornò a casa.

Con la morte di sua madre aveva pensato di assentarsi dal lavoro per qualche giorno, ma cominciava a non poterne più di stare a casa. E comunque non le era mai piaciuto. Da bambina rientrava dal giardino solo se trascinata a forza e sempre coperta di polvere e terra dalla testa ai piedi.

Non sapeva che fare, con la scusa della lettera era andata a trovare l'amica. Si rendeva conto solo ora dell'immenso vuoto che Elefteria aveva lasciato.

Fuori, un caldo tremendo.

- Con questo caldo uscire è impossibile. Lascia perdere, la cosa migliore è restare in casa - si disse. E subito dopo, con un po' di stupore, aggiunse: - Ecco cosa succede quando non si ha nessuno con cui parlare. Si parla da soli!

Il frigorifero era vuoto da chissà quanti giorni. D'altronde, quando tornava dal lavoro trovava sempre sua madre con la tavola già apparecchiata.

- Mamma, perché mi hai aspettato? Potevi iniziare a mangiare! - disse, ma sua madre lì non c'era.

Le capitava di trovare la cena pronta persino quando

1 Uno dei più eleganti e lussuosi quartieri di Atene.

l'avvertiva che non sarebbe tornata.

Poi Elefteria aveva cominciato a mettere la figlia alle strette, come prima avevano fatto con lei i suoi genitori: "È ora che ti sposi." Magnolia aveva passato la trentina e con tutto quel pensare alle sue ambizioni e alla carriera, di tempo per pensare a un matrimonio non ne era rimasto.

- Oddio, mamma, che me ne importa di sposarmi? Io sono felice così - le rispondeva, con il risultato di farla infuriare.

6

Il caffè

Uscì di casa tutta eccitata: "Chissà cosa c'è scritto..." Magnolia fece un cenno al primo taxi che vide arrivare e salì a bordo. Mancava ancora molto all'ora di pranzo, ma fare acquisti e guardare un po' di vetrine le avrebbe fatto bene.

Vicino al caffè dove aveva appuntamento con Celena c'era via Ermou, piena di gente a tutte le ore del giorno.

- Questa è l'İstiklal Caddesi[2] di Atene - le diceva sua madre quando andavano insieme nei quartieri più movimentati della città.

Cominciò a camminare, sbirciando i negozi a destra e a sinistra. Tuttavia, per quanto la passeggiata fosse riuscita a distrarla un po' e a tenere a bada la sua curiosità, per timore di fare tardi non bighellonò a lungo, comprò una maglietta che le piaceva e si diresse verso Kolonaki.

2 Viale dell'Indipendenza, nota anche come Grand Rue de Pera, è la strada più rinomata di Istanbul. È situata a Beyoğlu, storico quartiere cosmopolita, sede delle principali rappresentanze diplomatiche europee, di negozi e luoghi di intrattenimento, nonché principale punto di ritrovo di artisti e intellettuali.

"Chissà cosa c'è scritto..." In realtà la vera domanda a cui sperava di trovare una risposta era a chi, quella lettera, fosse indirizzata, e perché fosse in turco. Una volta arrivata a Kolonaki, vide Celena davanti al caffè dove si incontravano di solito.

- Sono qui! - disse l'amica sollevando la mano. Era arrivata per prima.

Si abbracciarono e presero posto una di fronte all'altra.

- È da stamattina che cerco di far passare il tempo girando per negozi, ho una fame...

Celena mise da parte il menù dicendo che avrebbe preso solo qualcosa da bere, e Magnolia ordinò:

- Due succhi di frutta, e un tramezzino.

Non potendone più di aspettare, alla fine chiese:

- L'hai letta? Che c'è scritto?

- L'ho letta. L'ho tradotta parola per parola, senza cambiare o interpretare nulla.

- Sono così curiosa. Di cosa parla, ha a che fare con me? Intanto fammi un piccolo riassunto!

Celena tirò fuori la busta dalla borsa.

- Leggi - si limitò a dire, e gliela allungò.

- Che caldo! - rispose Magnolia, e impaziente l'aprì, voleva cominciare subito.

In silenzio Celena esaminava le sue reazioni. La prima pagina, la seconda... Più Magnolia andava avanti più il suo viso diventava cereo. Leggeva senza interruzioni, anche quando il cameriere portò l'ordine al tavolo. Aveva perfino dimenticato di aver fame, i suoi occhi non ne volevano sapere di staccarsi da quei fogli, anche solo per un attimo.

Celena continuava a osservarla, sempre più in apprensione. Inquieta, si intrecciava le mani, si mordeva le labbra per fermare il tremore di chi è sul punto di piangere. Non sapendo che fare, girava la testa a destra e a sinistra come a cercare aiuto intorno.

Magnolia aveva assunto un'espressione indefinibile, gli occhi spenti fissi su un punto lontano. La lettera l'aveva lasciata interdetta, immobile come una statua. Rimase in quello stato per qualche minuto. I fogli tra le mani, lo sguardo incredulo, sgomento, triste.

- Com'è possibile? - riuscì solo a mormorare, poi di nuovo silenzio e occhi spenti...

- Com'è possibile? Come? - ripeté guardando l'amica.

D'un tratto si alzò in piedi, raccolse i fogli, li infilò nella busta e mise tutto in borsa. Sembrava morta, il suo viso era senza espressione. Era come se sulle sue spalle fosse caduto tutto il peso del mondo, o perlomeno così sembrava a Celena.

- Stai bene? - le chiese, disperata perché non poteva esserle utile in alcun modo, ma non ricevette risposta.

Mentre usciva dal caffè col passo di un automa, Magnolia si voltò per tornare sulla stessa domanda:

- Com'è possibile?

Celena lasciò i soldi sul tavolo e le corse dietro; la distanza che le separava era breve, ma visto il caldo bastò a ridurla in un bagno di sudore.

- Per favore, fermati! - la chiamò.

Magnolia non rispose, neanche si girò. Ormai si era mescolata alla folla, le persone le passavano di fianco, le voci si confondevano, guardava davanti a sé ma non vedeva nessuno. Improvvisamente, di fronte alla banca all'angolo della strada, si gettò a sedere sul marciapiede. Con le mani si coprì il volto e si rannicchiò sulle ginocchia.

- Dio mio, cosa devo fare? Aiutami! Com'è possibile? Come? - continuava a ripetere.

Celena, che per un attimo l'aveva persa tra la gente, quando la vide lì seduta tirò un sospiro di sollievo. Lentamente la raggiunse e si sedette accanto a lei. Dopo qualche minuto di silenzio, la sentì posare la testa sulla sua spalla. Iniziava a a singhiozzare. La strinse forte a sé e aspettò senza dire niente che si calmasse, non c'era altro che potesse fare. Non si resero conto di quanto durò, quel pianto. Poi, quando Magnolia cominciava a tranquillizzarsi, le passò un fazzoletto per asciugarsi le lacrime e il trucco colato.

Magnolia taceva...

Rimasero così, nel silenzio, ancora per un po'. Celena sembrava sul punto di dire qualcosa, ma era come se le parole si bloccassero da qualche parte in gola senza riuscire ad affiorare sulle labbra. Pensava e ripensava a qualcosa di giusto da dire, ma proprio quando era certa di averlo trovato, sentiva il peso di una mano che le tappava la bocca e le intimava di cacciarle indietro.

Fu Magnolia, alla fine, a riempire il vuoto:

- Devo stare un po' da sola, e pensare.

Si alzò, certa di poter contare sulla comprensione dell'amica, che però fece per incamminarsi insieme a lei, e Magnolia, con un cenno della mano, le disse di andarsene.

Percorse tutta la via, sul viso i segni del trucco sbavato.

Attraversò diversi viali in mezzo alla gente, intorno le luci e i clacson delle auto, eppure di tutto quel frastuono non gliene importava nulla. Il tempo si era fermato e in un attimo la sua vita era stata stravolta. Desiderava solo tornare a casa.

Quando imboccò il vicolo era fradicia di sudore, la maglietta bianca che indossava le si era appiccicata addosso. Aprì la porta ed entrò in casa, lanciò la borsa in un angolo e si distese sul divano del salotto. Rimase per ore a fissare il soffitto, finché le palpebre divennero pesanti e si abbassarono sugli occhi. Quando si svegliò era ormai buio, ma non le importava neppure dell'ora. Che le lancette si fossero fermate o meno non contava più, contava semplicemente la sua infanzia, e ritornare a quei momenti in cui, per paura di restare sola nella sua stanza, correva dalla madre.

Prese la lettera e la lesse di nuovo, soprattutto le ultime due righe. Ancora e ancora. "Il mio sogno più bello... è quello che non si è mai realizzato. Ma non farlo per me. Se davvero lo vuoi, lo farai per te stessa."

"Dannazione!" Si alzò in piedi e si rintanò in camera. Prese a camminare avanti e indietro, e poi tornò in salotto. Un giro intorno al tavolino, poi su e giù da un angolo all'altro della stanza, quindi altri giri in tondo. Uscì sul balcone, l'aria era più fresca. Si sedette su una sedia e allungò i piedi su un'altra. Si rialzò, andò a prendere una sigaretta dal pacchetto che teneva nella scatola sul tavolino del salotto. Se l'accese. La prima boccata fu così profonda che le girò la testa. Non fumava da tre mesi, si era detta che non avrebbe più ripreso. L'ultimo pacchetto l'aveva lasciato ancora chiuso nella scatola. Finita la prima sigaretta, se ne accese subito un'altra. Non ci voleva nemmeno pensare, alla cosa giusta da fare, alle conseguenze.

All'improvviso si era ritrovata persa nel vuoto, si sentiva sulle spalle un peso insostenibile. Si consolava ripetendosi che la madre doveva averne retto uno ben più grande, non faceva che giustificarla per il dolore che aveva sopportato, e non riusciva ad essere arrabbiata con lei. Ma lei, Magnolia, come avrebbe potuto reggerlo, questo peso che in un attimo aveva messo a soqquadro l'ordinario, reso incerte le certezze di una vita? Doveva ascoltare il suo invito, "se davvero lo vuoi, lo farai per te stessa", oppure chiudere con quel passato ormai sepolto e continuare a vivere il presente?

- Perché mi hai lasciato con questo peso, mamma?

Toccano a tutti, prima o poi, dei momenti in cui si è costretti a fare grandi scelte. Ecco, questi sono i momenti più difficili, più faticosi, sono momenti in cui l'indecisione non fa altro che dilatare lo scorrere del tempo. Di fronte alle ripercussioni di ogni scelta si rimane paralizzati. È una sensazione talmente spossante da superare la stanchezza dei giorni peggiori, in cui si finisce "stanchi morti". A Magnolia capitavano periodi di lavoro senza sosta, in cui non riusciva neppure a dormire, gli occhi che si chiudevano per il sonno, o in cui rientrava a casa e malgrado le insistenze di sua madre si coricava senza mangiare un boccone. Eppure, la fatica di quei giorni non era neanche lontanamente paragonabile a quella che ora le si era appiccicata addosso, una fatica nella testa che sbaragliava quella nel corpo. Avrebbe solo voluto dormire, nient'altro che dormire, unico spiraglio di una possibile evasione... Ma quando ci provava la tormentava la certezza che non sarebbe riuscita a riposare e che al risveglio sarebbe tornata ancora la stessa attanagliante indecisione.

Si mise a letto. Puntò di nuovo gli occhi al soffitto perdendosi nel bianco dell'intonaco. Ci vedeva la sua vita, e cosa la riempiva... Ci vedeva tutte le persone oneste, credenti, che si prodigavano per gli altri, che non facevano del male a nessuno, che di quel Dio assecondavano ogni volontà.

E non era forse questo che voleva il Signore?

Poi, perché ai buoni e ai cattivi Dio non decida di restituire già su questa terra ciò che si meritano, a chi il castigo e a chi una ricompensa, è tutta un'altra storia. E perché sempre il solito Dio metta nelle mani di pochi il potere di decidere della vita di molti, tanto che basta una parola per rabbuiare un'esistenza o spezzare una speranza, anche questa è tutta un'altra storia. Chissà quante Elefteria c'erano sparse per il mondo, migliaia di Elefteria piegate al volere di un gruppo di bugiardi che Dio aveva deciso di mettere a capo dei popoli, nelle loro mani la piena facoltà di giocare con il futuro degli altri. E se agli innocenti non è concessa alcuna replica e neppure la possibilità di opporsi alla propria sorte, allora questo Dio, poteva mai chiamarsi Signore dell'Universo?

Le voci nella sua testa, quelle, non era proprio capace di zittirle. Decise di fumarsi un'altra sigaretta, poi un'altra e un'altra ancora. I pensieri si rincorrevano, la interrogavano, mentre lei sperava solo di abbandonare questo mondo per entrare in quello dei sogni. Per sfinimento, alla fine ci riuscì...

Si svegliò sul divano, ancora esausta, di fianco il pacchetto di sigarette ormai vuoto. Ne era rimasta solo una, la prese e se l'accese.

Voleva starsene lì distesa senza fare niente, ma quando anche l'ultima sigaretta si aggiunse ai mozziconi che riempivano il posacenere, si convinse a uscire per comprarne altre. Si alzò e camminò fino alla porta d'ingresso, il suo riflesso nello specchio le mostrava una donna con i capelli arruffati, la maglietta bianca e i jeans stropicciati, le occhiaie, le guance scavate; era stanca, non aveva voglia nemmeno di lavarsi la faccia. Si guardò distrattamente, poi uscì.

Quando tornò a casa, nulla era cambiato. Per tutta la mattina non fece che rimanere stesa sul divano. Non rispose al telefono, lo lasciò suonare più volte.

- Chi mi cerca? -

"Cercano me, Magnolia? Eccomi qua, ecco da dove vengo: una madre morta lontano dalla terra dove per secoli hanno vissuto i suoi padri, un nonno che ha pianto disperato di fronte alle macerie della sua casa data alle fiamme..." E pensò alle altre madri, agli altri padri che non avevano potuto rivedere la loro terra.

Arrivata l'ora del pranzo, quelle quattro mura cominciarono a starle strette. Si era stufata, prese qualche soldo, non si cambiò neanche e uscì. Superò il cancello che delimitava il giardino e si avviò. Il caldo era asfissiante e per proteggersi dal sole passò sul marciapiede opposto, all'ombra degli alberi. Non un'anima, per la strada, nella canicola di mezzogiorno la gente restava chiusa in casa a boccheggiare, le finestre spalancate. Sui balconi e i davanzali, i gerani rossi e bianchi avevano reclinato il capo, e dalle case coperte di calce bianca si sentivano le voci della radio o delle donne che chiacchieravano.

Magnolia aveva la gola secca, non mangiava dal giorno prima, e la bocca arsa a furia di fumare. Accelerò il passo per raggiugere un caffè che notò poco più avanti. Ci passava tutti i giorni, ma non ci era mai entrata prima. Anzi, nemmeno sapeva che lì ci fosse un caffè, all'ombra dell'edera che circondava un giardino, con cinque o sei tavoli e una piccola fontana rinfrescante. Era delizioso.

- Che strano! A volte per renderti conto di qualcosa è necessario che accada qualcos'altro - si disse.

C'erano poche persone. Si avvicinò al tavolo di marmo accanto alla fontana e si sedette su una sedia di legno dipinta di blu. La raggiunse un uomo piuttosto anziano. Aveva tutta l'aria di essere il proprietario. Capelli che stavano scolorendo, baffi bianchi, occhi azzurri che sprizzavano vitalità. Aveva un'aria così carismatica, con i pantaloni ben stirati color grigio chiaro e la camicia nera, un'eleganza tutta sua nel tamponarsi il collo con un piccolo asciugamano per assorbire il sudore.

- Desidera?

- Una spremuta d'arancia, fredda, per favore!

Mentre lui si dirigeva all'interno del caffè, Magnolia, madida di sudore, lo seguì chiedendogli dove fosse il bagno. Lavarsi mani e faccia le fece bene, se non altro si rinfrescò un poco.

Uscendo, lo guardo le cadde sulle pareti del locale. Erano tinteggiate di blu, ed erano coperte di fotografie tutte in bianco e nero, incorniciate e attaccate alla rinfusa. Alcune, più di altre, erano segnate dal tempo, vi correvano delle crepe, talvolta proprio sul viso della persona ritratta, e allora era impossibile capire chi fosse. Quei toni alternati del bianco e del nero rapirono l'attenzione di Magnolia, che si avvicinò per guardare meglio.

- Sono foto di Istanbul, vero?

- Sì - rispose l'anziano signore. - Siamo arrivati da Istanbul nel 1955, è lì che sono nato e che ho vissuto da ragazzo.

- Le manca?

- Certo che mi manca. Per i primi quindici anni non ci siamo potuti tornare, ora invece lo facciamo ogni anno. Vedo i miei vecchi amici, chi è rimasto in salute, conosco i loro figli e loro conoscono i miei.

- Anche la mia famiglia è arrivata da Istanbul nel 1955. Io sono nata qui, e non ci sono mai andata.

- Perché?

- Non saprei. Mia madre rimandava sempre all'anno dopo, poi l'anno passava e lei rimandava ancora... - disse Magnolia sollevando le spalle.

- Tutte scuse, vero, figliola? Ma io ti ho chiesto perché *tu* non ci sei mai andata, lascia perdere tua madre. Lei aveva le sue ragioni, quali sono le tue? - le chiese di nuovo.

- Non ci ho mai pensato, al perché. Sono nata qui, forse

è per questo che la cosa non mi attrae.

- Non sei curiosa di conoscere il paese dove è nata tua madre, tuo padre, suo nonno, il nonno di suo nonno? Non senti una voce che ti chiama? Verrà il giorno che ne avrai nostalgia, e forse proprio per questo non riuscirai a partire.

- Ma io appartengo a questi luoghi. Qui ho i miei amici, il mio lavoro, e il desiderio di andarmene non l'ho mai avuto. Istanbul è solo la memoria di mia madre, dei miei nonni, nient'altro che un ricordo che mi hanno fatto rivivere con i loro racconti, ma a me non manca come a voi, non posso provare lo stesso sentimento. Un pezzo di Istanbul trapiantato in Grecia, ecco cos'è stata la mia casa quando ero bambina, ecco perché questa città è diventata così speciale. Ed è normale che fosse così, giusto? I miei nonni ci hanno trascorso quasi tutta la loro esistenza, mia madre la sua giovinezza. Ma io ho sempre vissuto ad Atene. Per me Istanbul è solo una storia, e l'illusione infantile di averne preso parte.

- Per anni non ne hai avvertito il bisogno, ma ora sì, ora lo senti. Non sei forse cambiata? Ascolta, figliola, dove nasciamo non fa alcuna differenza. Viviamo qui, al momento, ma le nostre radici sono rimaste laggiù, e se tu le recidi non potrai mai sapere chi sei. La nostalgia che hai dentro, sì, proprio quella, ti porterà a rimpiangere di non averci provato. Prima o poi arriverà a mancarti, questa città che non conosci. Se vuoi sapere come la penso, fallo prima che sia troppo tardi, finché puoi incontrare, ancora vivo, un amico di tua madre o di chiunque tu stia cercando. Altrimenti la nostalgia lascerà il posto a qualcosa di peggio.

- Cosa?

- Il rimpianto. Come quando perdi la persona che ami e sai che non la ritroverai mai più. Il rimpianto di aver perso un'occasione è terribile, perché nessuno finora ha potuto riavere indietro quel che chiamiamo tempo. Devi fare ogni cosa al momento giusto. Ebbene, quand'è esattamente il momento giusto? Ecco, nessuno può saperlo. Solo tu lo sai, solo tu puoi deciderlo. Se esiste un motivo, questo motivo ti costringerà a partire.

- Io sono un uomo semplice, - continuò il vecchio, che aveva sul volto, si vedeva, le tracce del rimpianto. - la mia vita è stata una vita semplice. Ma quando mi guardo indietro mi accorgo di tutti gli errori che ho commesso, anche se in passato ero convinto di aver fatto le scelte giuste... Ora lavoro qui, e sai perché? Per via di quelle scelte. Certo non mi lamento, ma le cose potevano andare diversamente. I tuoi cari, che non sono più tra noi, volevano che tu vedessi Istanbul, che tu vedessi i luoghi dove loro hanno vissuto. Li avrebbe resi felici? Secondo me sì... A mio avviso, questo è un ottimo motivo.

Magnolia taceva, era pensierosa.

- Un motivo ce l'ho, in effetti, mia madre mi ha affidato una specie di compito... Eppure non so decidermi, una voce dentro di me mi dice di andare, un'altra di restare.

- Chi ti trattiene sei sempre tu... Immagina di essere su una strada, una strada piena di curve e ostacoli, altrimenti non ci sarebbe gusto a percorrerla. Una strada dove a ripetizione compaiono nuovi cartelli e dove a ogni svolta devi decidere che direzione prendere, una è giusta, l'altra è sbagliata. E ti capiterà di ritrovarti in un posto tanto tremendo da farti rimpiangere di aver scelto quella via. Se ne avrai l'occasione potrai tornare indietro e rimediare, ma il più delle volte sarai costretta ad andare avanti e sperare che migliori. In ogni caso la scelta spetterà sempre a te, ora alla tua testa, ora al tuo cuore. Testa e cuore non dicono mai la stessa cosa, se così fosse sarebbe tutto più facile. Non so cosa ti chiede tua madre, e non occorre che lo sappia, ma secondo me la testa ti sta frenando e il cuore ti sta incoraggiando. Smetti di dare ascolto alla voce che ti trattiene, segui invece quella che ti suggerisce di partire... Segui il tuo cuore! Il desiderio di andare abita in te come un bambino non ancora cresciuto. Sono vere, tutte le storie che ti hanno raccontato sulla terra in cui credi di aver vissuto da piccola. Tu vuoi andare, te lo leggo negli occhi, lo capisco da come guardi queste foto. E cos'hai da perdere? Cosa avrai perso invece, quando il desiderio si sarà affievolito, quando arrivata alla mia età ti chiederai perché non l'hai fatto? Puoi sempre stare via una settimana, se ti annoi o non è come te lo eri immaginato, o arrivi un giorno e il giorno dopo te ne vai, ma potrai almeno dire di averci provato.

Il vecchio fece per tornare alle sue faccende.

- Vai figliola, vai, parti, beviti un *rakı* sul Bosforo, vedrai se non ti farà bene! Ahi ahi, ci siamo persi in chiacchere. Dovevo portarti una spremuta.

- La spremuta può aspettare, mi preparerebbe anche una bella omelette?

Poi ricominciarono a parlare. Si chiamava Stelyo, la

sua casa era a Bebek e il suo lavoro a Beyoğlu. Conosceva la via dove abitava il nonno di Magnolia.

- Può darsi che li abbia incrociati spesso, tua madre, tuo nonno, ma non sapevo chi fossero.

Magnolia si sforzò di ricordare i particolari delle storie che le avevano raccontato, gli parlò di Beyoğlu, della casa della zia a Yeniköy, dei vicini di Bebek.

Dopo essersene andata, ripensò che era strano che non si era mai accorta di quel caffè, nonostante ci fosse passata davanti così tante volte; e indugiò su quanto calore le aveva trasmesso quell'uomo. Intanto, dentro di lei una voce continuava a dire "vai" e un'altra "non andare, lascia perdere". Pensò alla lettera di sua madre. Non poteva averla scritta d'impulso, altrimenti avrebbe avuto tutto il tempo di strapparla e gettarla via. L'aveva invece preparata e conservata con cura per anni, senza mai trovare il coraggio di mostrargliela, neppure quando era diventata una donna.

- Per questo, immaginando che l'avrei trovata, l'ha messa nella scatola insieme al diario - si disse. Non le veniva in mente altra spiegazione.

Alla fine della lettera, Elefteria le dava libertà di scelta, non le imponeva di partire. Dopotutto, se Magnolia fosse partita, gli eventi avrebbero potuto travolgerla. Ma le conseguenze erano importanti, in un caso o nell'altro...

"E se continuassi la mia vita come se niente fosse e cercassi di dimenticare?", si chiese. Ma non era possibile, anche facendola a pezzi, e con lei il suo contenuto, quel che aveva scoperto l'avrebbe accompagnata per sempre. Era un fardello che non si dimenticava. Magnolia se ne stava sospesa sul crinale dell'incertezza e non riusciva a muovere un passo.

Restare, forse era quello che più desiderava nello stato di prostrazione in cui versava. Restare ad Atene la proteggeva dal dubbio di cosa sarebbe venuto dopo, di cosa le sarebbe capitato se avesse deciso di partire. Ma sì, probabilmente sarebbe tornata a mani vuote...

Andare. Andare a Istanbul era un modo per dar seguito alle parole di sua madre. La rinuncia non avrebbe fatto altro che perseguitarla? Era così confusa, rimuginava sugli stessi pensieri, si ripeteva le stesse domande e si dava le stesse risposte, mai nessuna che fosse definitiva. Era in un vicolo cieco. Giungeva a una conclusione, ma si sentiva come incastrata, le mancava il respiro e allora si ritrovava nuovamente davanti al solito interrogativo.

Cosa devo fare?

Il punto era che ad Atene non avrebbe trovato le risposte giuste alle sue domande. L'unica via, e anche la più breve, era mettersi in viaggio e fare come le diceva sua madre. Ed era inoltre l'unico modo per permetterle di riposare in pace. Chissà, forse tutto sarebbe stato ancora più bello. È mai possibile sapere senza provare?

Ma ecco che poi, d'improvviso, la voce antagonista dentro di lei si faceva risentire più forte: "Fino ad oggi quella lettera non esisteva, e stavi benissimo. Un buon lavoro, degli amici, dimentica quel che c'è scritto. Sai cosa ti succederà? Soffrirai, soffrirai più di quanto tu non abbia già sofferto." E quindi, alla fine, cambiava di nuovo idea.

Da quando Elefteria si era aggravata era passato circa un mese, un mese orribile. E con la sua morte il dolore era esploso. Ma quel giorno, per la prima volta, c'era qualcosa di diverso.

Continuava a camminare senza meta. Nella testa, solo Istanbul e la lettera. Intorno, le luci dei lampioni e delle insegne dei negozi che si diffondevano ovunque. Ma nessuno si era accorto di lei. Infine salì su un taxi che la riportò a casa.

La casa era un disastro e nonostante fosse tardi si mise a fare le pulizie. Un modo come un altro per tenersi occupata, intanto che riesaminava uno ad uno i pensieri che le riempivano la mente. Finì a mezzanotte, uscì sul balcone e si accese una sigaretta.

"Cos'ho da perdere? O non farò nulla o farò tutto ciò che devo, per mia madre." Non voleva trascinarsi dietro dei rimpianti. A poco a poco prendeva forza l'idea che doveva in qualche modo risolvere la faccenda. Accese la televisione e non passò molto che gli occhi cominciarono a chiudersi… Dormì un sonno tranquillo.

Si svegliò con le prime luci del mattino. Erano le sei quando sollevò la cornetta del telefono. Qualche squillo, e all'altro capo si sentì la voce ancora assonnata di Celena.

- Mi aiuterai? - le chiese.

- A fare che?

Attese che Celena si riprendesse. Poi chiese di nuovo:

- Mi aiuterai?

- Magnolia, non ne possiamo parlare alle sei del mattino, vediamoci a pranzo.

- Oggi non posso, ho da fare. Rispondi solo alla mia domanda, mi aiuterai?

- Va bene, va bene, certo che ti aiuterò.

7
Il primo legame

Non sapeva da dove iniziare. Partire, d'accordo, ma a chi poteva rivolgersi? Erano passati trentaquattro anni, non avrebbe trovato più nessuno nello stesso posto. Si ricordava una sfilza di nomi, ma non tutti i cognomi.

All'improvviso le tornò in mente Madame Agate, la proprietaria della pensione di fronte alla vecchia casa del nonno: gli aveva raccontato di essersi trasferita anche lei ad Atene insieme alla sua famiglia. Elefteria parlava spesso di Madame Agate e dei suoi due figli. Il più grande aveva la sua stessa età. Magnolia si sforzò di ricordare il cognome.

Recuperò l'elenco telefonico che aveva in casa. "Chiamerò innanzitutto i suoi coetanei...". Temeva che i più giovani non si sarebbero ricordati di sua madre, ma i più anziani certamente sì.

Sfogliò l'elenco, di Nikolai Raftis ce n'erano moltissimi. Iniziò dal primo, da qualche parte doveva pur cominciare. Emozionata, compose il numero.

- Pronto - risposero all'altro capo.

- Salve, cerco Nikolai Raftis.

- Sì, sono io.

- È per caso il figlio di Agate Raftis, arrivata da Istanbul nel 1956?

- No, non sono io.

- Mi scusi se le ho fatto perdere tempo.

Seguì una seconda, una terza, una quarta telefonata... Alcuni non rispondevano neppure. Cominciò a spuntarli uno ad uno.

I Nikolai con cui parlò dicevano sempre le stesse cose, rispondevano tutti allo stesso modo. E se non fosse riuscita a trovarlo? Lo diceva che sarebbe stato meglio chiedere agli anziani.

- Chiamerò tutti i Nikolai, poi passerò ai Feodor - mormorò.

Riprovò con uno dei primi che non le avevano risposto. Il telefono squillò una, due, tre, quattro, cinque volte...

- Uffa! Basta - e proprio in quel momento all'altro capo sentì la voce di una donna. - Salve, buongiorno, posso parlare con Nikolai Raftis?

- Sono la moglie.

- Sto cercando il figlio di Agate Raftis, arrivata da Beyoğlu nel 1956.

Sulle prime, la donna tacque, poi continuò:

- Sì, la madre di mio marito si chiamava Agate e sono arrivati da Istanbul, da Beyoğlu. Lei chi è, mi scusi?

Dall'emozione faticava a trovare le parole. Cercò di ricomporsi e disse:

- Mia madre, Elefteria, abitava a Beyoğlu nella casa di

fronte a quella di suo marito.

- Nikolai è al lavoro. Se vuole lasciarmi il suo numero, la farò richiamare.

Si accordarono, le diede il numero e riagganciò. Andò in cucina, si fece un bel caffè schiumoso e poi uscì sul balcone per fumarsi una sigaretta.

"Il primo passo è fatto", pensava, ma subito le balenò nella mente un secondo pensiero.

- E se la moglie non gli desse il numero, temendo chissà cosa? - disse arrabbiandosi con sé stessa. - Non posso fare altro che aspettare - aggiunse, cercando di risollevarsi il morale mentre sorseggiava il caffè.

Il sole era cocente, neppure l'ombra bastava a proteggersi. Magnolia voleva fare una doccia, ma non riusciva ad alzarsi, aveva paura che proprio in quel momento Nikolai avrebbe telefonato.

Passò qualche ora.

- Magari lo farà stasera. Perché mai la moglie dovrebbe chiamarlo mentre è al lavoro per dargli il mio numero. Glielo dirà quando tornerà a casa, o forse se ne dimenticherà. Ad ogni modo, se per le otto di stasera non chiama lo farò io, che male c'è?

Per passare il tempo prese un libro e si distese sul divano, era così stanca che dopo appena tre pagine chiuse gli occhi e senza volerlo scivolò in un sonno profondo.

Si svegliò di soprassalto con il telefono che squillava. Fuori stava facendo buio. Rispose ancora assonnata:

- Pronto!

- Salve, sono Nikolai. Mia moglie mi ha detto che mi

ha cercato. Le chiedo scusa, avevo del lavoro da sbrigare, non sono potuto rientrare prima.

Quella voce riuscì a tranquillizzarla...

- Salve, io sono la figlia di Elefteria, mi chiamo Magnolia.

- Lo so, me lo ha detto mia moglie. Mi creda, è stata una grande sorpresa. Come sta Elefteria? Non ci vediamo da così tanti anni.

- Ci ha lasciati la settimana scorsa... - rispose Magnolia, e per un attimo ci fu solo silenzio.

Fu Nikolai a romperlo:

- Mi dispiace tanto, davvero. Ah, se solo ci fossimo rivisti almeno una volta!

Aveva la voce rotta, come di chi è sul punto di commuoversi.

- Volevo parlare con lei, - disse Magnolia - di una questione che non si può discutere al telefono. Quando è disponibile, mi piacerebbe incontrarla.

- Potrei mai dire di no alla figlia di Elefteria? Domani ho il pomeriggio libero. Le lascio il mio indirizzo, mi racconterà tutto mentre ci beviamo qualcosa. Se posso, sarò lieto di aiutarla.

Magnolia tirò fuori carta e penna e annotò l'indirizzo.

- Va bene, a mezzogiorno in punto sarò da lei, le auguro una buona serata.

Non sapeva ancora cosa dirgli, l'indomani, ma si sentiva serena. Voleva solo andare avanti per quella strada, aveva compiuto il primo passo e non sarebbe più potuta tornare indietro. Non aveva intenzione di fare come sua madre, non sarebbe rimasta lì seduta ad accettare il destino.

- Dipende da me, posso farlo, non aspetterò la morte perennemente in collera con la vita come ha fatto lei.

Si sentiva finalmente libera da quel grosso peso che le era caduto addosso. Aveva cominciato a dar corso alle sue scelte, e trovando Nikolai poteva poi trovare tutto il resto. Non voleva parlargli della lettera, doveva inventarsi qualcos'altro. Ripensò ai racconti del nonno, della nonna, di sua madre. Rilesse la lettera. A Nikolai avrebbe semplicemente detto che andava a Istanbul per vedere la vecchia casa del nonno e i suoi vicini di un tempo. E lui, che provava gli stessi sentimenti, non poteva trovarci niente di strano. Vedere dove viveva la sua famiglia, ecco che cosa voleva, per dare pace alle loro anime.

8

E le memorie prendono vita

Davanti, la porta di un'agenzia immobiliare. Magnolia suonò il campanello e una giovane ragazza, evidentemente la segretaria, venne ad aprirle.

- Salve, sono Magnolia.

- Prego, il signor Nikolai la sta aspettando - disse facendola entrare.

L'agenzia era molto bella, elegante. Il quadro appeso all'ingresso sembrava familiare. Il pescatore sul suo piccolo caicco, la collina e la torre di Galata alle sue spalle. Sul tavolino, piccoli soprammobili.

Guidata dalla segretaria, percorse il corridoio ed entrò nell'ufficio del signor Nikolai. Di fronte alla porta notò subito un altro paesaggio di Istanbul. Sulla parete dietro la poltrona di pelle, invece, una fotografia in bianco e nero ritraeva una donna e due bambini in un vicolo. "Madame Agate e i suoi figli?", si chiese. Sull'ampia scrivania posavano ovviamente le foto della moglie, dei figli, e la statuetta di un'aquila...

Nikolai l'accolse in piedi. Più alto della media, capelli neri e lisci che cominciavano a ingrigire, guance leggermente paffute, occhi tondi, una lieve prominenza, le pieghe ai pantaloni; aveva un'aria affabile e amorevole. Sorrise alla donna che aveva voluto incontrarlo, la guardò a lungo senza tradire il minimo movimento, sul volto sembravano fondersi gioia e tristezza.

Intanto, con la mente tornò a Istanbul. In tutti quegli anni, persone che avessero qualcosa a che fare con la sua città ne aveva viste poche. E ora, questa giovane donna che gli stava di fronte era come uno specchio che rifletteva volti e legami del passato. E con loro prendevano vita antiche memorie, ritrovava la stessa felicità, la stessa sofferenza.

- Allora, - disse Nikolai - sei tu la figlia di Elefteria, sei molto bella! Come ho fatto a non pensare che tua madre potesse dare alla luce una figlia altrettanto bella.

Conoscere Nikolai era stato come incontrare di nuovo, dopo essersi persi di vista, una persona conosciuta anni prima. Quell'omone grande e grosso, ormai con le lacrime agli occhi, le prese la mano e la fece accomodare sulla poltrona. Subito le chiese di sua madre:

- Anche lei ci ha lasciati, dunque?

Magnolia annuì, lo sguardo basso.

Come in un viaggio indietro nel tempo, Nikolai si ritrovava faccia a faccia con la figlia di Elefteria, la sua vicina di casa, l'amica che era abituato a vedere tutti i giorni.

- Quanto le somigli!

Glielo dicevano tutti, quando la madre era viva, ma dopo la sua morte era la prima volta che Magnolia se lo sentiva ripetere.

Nikolai soffriva della stessa nostalgia per quella terra. Cominciò a parlarle di Istanbul, di Beyoğlu, raccontava con entusiasmo della loro infanzia, di Elefteria, degli altri abitanti del vicolo.

- Abitavamo uno di fronte all'altro. Tuo nonno Stavro era il dentista del quartiere. Al piano terra della vostra casa c'era il suo studio, l'unico posto di cui tutti noi, da bambini, avevamo paura. Talmente paura che lì davanti a pallone non ci volevamo giocare, le nostre porte le costruivamo nella parte alta del vicolo. Che giorni trascorrevamo insieme a Beyoğlu, cosa darei per vivere di nuovo lì con i miei vecchi amici...

L'emozione che trapelava dai suoi racconti era così forte che Magnolia si sentì improvvisamente rapita.

- Una notte mi sono svegliato con il mal di denti. "Avanti, andiamo da Stavro il dentista", ha ordinato mia madre il mattino dopo. Mi ha preso per mano e portato nel suo studio. Arrivati lì, sotto i ferri c'era Hasan, uno che abitava nella parte alta del vicolo. Stavro *amca* doveva estrargli un dente. Hasan il tappo, lo chiamavamo così, ha cacciato un tale urlo da farsi sentire in tutto il quartiere. Di fronte a quella scena il dolore mi è passato in un attimo, due balzi e ho raggiunto la porta, ma mia madre ha fatto in tempo a sbarrarmi la strada. L'unica via d'uscita rimaneva la finestra aperta. Allora mi sono svincolato dalla presa e sono saltato fuori. Mia madre gridava, tuo nonno pure, ma chi ci pensava a tornare indietro? Ovviamente di sera il dolore è ricominciato. Mia madre mi teneva stretto, questa volta, mentre raggiungevamo lo studio. Appena arrivati, di nuovo non sentivo più male, ma per quanto ci abbia provato non sono riuscito a liberarmi. Gridavo, non ricordo se per il dolore o perché ogni bambino che entrava lì dentro doveva farlo. Era un brav'uomo, tuo nonno Stavro. Sapevamo che da alcuni pazienti non si faceva pagare. "Mi basta ricevere le loro preghiere", diceva.

Dopo un breve momento di silenzio Nikolai riprese a parlare.

- Tra noi vicini, in quegli anni, c'era davvero molto rispetto. Nei giorni di Ramadan, per esempio, mi era proibito uscire in strada con in mano qualcosa da mangiare. Non per paura, non fraintendere, ma per rispetto verso i vicini turchi, che a loro volta conoscevano le nostre ricorrenze religiose e ci facevano gli auguri. Ero vestito di tutto punto anche durante le festività islamiche, le celebravamo tutti insieme. Una volta, sempre nel mese di Ramadan, mia madre aveva preparato i *pide*, un piatto della tradizione turca, e mi aveva chiesto di portarne un po' alla famiglia di un suo vecchio compagno di scuola, Ragıp *amca*, che aveva dei negozi a Sıraselviler. I suoi figli chiamavano mia madre *mamiko*, cioè mamma. Lei leggeva i fondi del caffè a tutte le donne del quartiere. Dopo pranzo si riunivano sulle scale davanti casa e se ne stavano lì sedute a chiacchierare. Intanto lei faceva il caffè e aspettava di leggerne i fondi. Le vicine, sia turche che greche, si mettevano in fila e cercavano di guadagnarsi la sua attenzione: "Dai, adesso tocca a me."

Mentre Nikolai raccontava, Magnolia sarebbe voluta intervenire, ma non se l'era sentita di interrompere il flusso dei suoi ricordi. In verità, ascoltare le storie di quei luoghi incantevoli da un altro punto di vista e da un narratore così spontaneo e accorato l'aveva rasserenata. Solo un'ora e già sapeva quali amicizie erano nate, nel vicolo, quanto erano forti quei rapporti di vicinato, a prescindere dalle origini di ognuno. Nikolai, nel frattempo, continuava a seguire le tracce lasciate dalla sua memoria.

- Ecco, e ora siamo qui - disse a un certo punto, come per concedersi una pausa.

Era il momento giusto per la sua domanda, si disse Magnolia.

- Si ricorderà di certo del 6 e 7 settembre del 1955, non è vero?

Lui tacque, lo sguardo immobile. L'uomo che solo un attimo prima ricordava il passato con gioia, tra risate e sorrisi, era scomparso. Nessuna risposta. Aveva molto da dire, in realtà, forse non lì, però, non in quel momento.

- Quei due giorni non se li meritavano nemmeno i nostri vicini turchi. Quei due giorni hanno cambiato la nostra intera esistenza. La terra dove siamo nati e cresciuti, la "patria", la nostra casa e prima ancora quella dei nostri padri e dei nostri nonni, ogni stanza, ogni parete, ogni cosa l'abbiamo dovuta imprimere nella memoria, lasciarcela alle spalle e venire qui. Se quei due giorni non fossero mai esistiti e fossimo rimasti a Istanbul, cosa sarebbe successo? Saremmo stati più felici?

Di certo c'era solo che qualcuno voleva cacciare i greci, che quindi avevano dovuto abbandonare tutto. Nessuna città, per Nikolai, era bella come la sua Istanbul, ma qualcosa si era spezzato ed era stato costretto a rifugiarsi ad Atene, un luogo senza amici, senza radici. Il 6 e il 7 di settembre di quell'anno sono date che nessuno vuole ricordare. Quante vite distrutte, perse. Quante violenze inimmaginabili hanno travolto persone comuni, la loro vita ordinaria, pacifica. E alla base, nessuna ragione perché un turco o un greco si odiassero...

- Greci, armeni, ebrei, turchi... Sapevamo molto bene cosa significava vivere tutti insieme - riprese Nikolai. - Eravamo nati nello stesso quartiere e nello stesso quartiere eravamo cresciuti. Di ogni nostro amico ci bastava conoscere il nome, non poco importava di quale popolo fosse. Qualcuno ha però voluto separarci. Moriremo lontani dalla nostra patria... Dimmi, figliola, esiste forse un castigo peggiore? Un apolide, ecco come mi sento in certi momenti.

Nikolai parlava ormai con un filo di voce e le lacrime continuavano a rigargli il viso.

- Qui viviamo, qui abbiamo ufficializzato la nostra cittadinanza, ma a questo luogo non apparteniamo. Noi siamo cittadini di Istanbul, anche se non ne facciamo più parte. C'è forse cosa più dolorosa che dover esibire il passaporto per entrare nel paese dove sono sepolti i nostri antenati? Orribili, sono stati giorni orribili, figlia mia. Preghiamo perché non si ripetano mai più.

- E di quei tre giovani turchi che alloggiavano nella vostra pensione, sa dirmi qualcosa? - chiese Magnolia più precisamente. - Il giorno in cui la casa di mio nonno è stata incendiata, hanno cercato di opporsi, uno di loro è stato ferito gravemente ed è rimasto a lungo in ospedale. Mio nonno, mia nonna, mia madre me ne parlavano sempre, se potesse dirmi qualcosa di più su di loro gliene sarei infinitamente grata. "Ah, se solo potessi tornare a Istanbul per incontrarli!", mi diceva il nonno. E allora ho deciso di andarci io, a Istanbul, voglio ritrovare la casa della mia famiglia, i suoi luoghi, le sue persone.

Il viso di Nikolai si distese in un sorriso, nella sua mente di nuovo ricordi felici.

- Non erano solo ospiti della pensione, per me erano come dei fratelli maggiori. Hanno protetto la nostra casa, mia madre, che amavano come fosse la loro. Celal *abi* è stato ricoverato per un mese intero; poi, quando le fratture hanno cominciato a migliorare, mia madre si è presa cura di lui alla pensione, in verità lo ha fatto tutto il quartiere. Tuo nonno, Stavro *amca*, gli era molto affezionato. Gli volevo bene anche io, insieme andavamo alle partite del Beşiktaş. Guarda quest'aquila, è il simbolo della squadra, me l'ha spedita proprio lui quando il Beşiktaş ha vinto il campionato. Faceva parte della famiglia, ma gli eventi ci hanno separato.

- Ed è ancora vivo, ha sue notizie? - chiese Magnolia.

- Quando lui e Sedat *abi* sono partiti per il servizio militare, mia madre ha ceduto alle insistenze di mio zio ed è venuta ad Atene, insieme a me e a mio fratello Feodor, naturalmente. Sono tornato a Istanbul per la prima volta nel 1982. E lì l'ho rivisto. Sono stato suo ospite per qualche giorno, non mi hanno permesso di dormire in albergo. Ha tre figli, la moglie è morta nel dare alla luce la loro bambina. Sedat *abi*, invece, si è stabilito ad Ankara. Hayri *abi* ha lasciato gli studi di Diritto ed è diventato ingegnere, vive in America. Venivano dallo stesso paese, sono cresciuti insieme e hanno frequentato le stesse scuole elementari. Quella notte hanno fatto così tanto per noi, se ci fosse accaduto qualcosa non se lo sarebbero mai perdonato.

- Non conosco i particolari della loro storia. Vorrei saperne di più - incalzò Magnolia.

Ma con quel racconto, tornando indietro di trentaquattro anni, Nikolai si sentiva provato. Sul volto, il sorriso aveva di nuovo lasciato il posto al rammarico e al dispiacere.

- Forse la sto facendo intristire - gli disse Magnolia.

- È mai possibile che tu mi faccia intristire? Sei il ricordo di tua madre, e ci siamo appena conosciuti.

Quindi continuò:

- Quello che non capisco è il perché. Hanno voluto guastare la nostra convivenza pacifica nel quartiere, e noi ci siamo subito fraintesi, ci siamo arrabbiati, ci siamo spaventati. Ed è stato impossibile tornare indietro. È successo tutto da un giorno all'altro, un attimo prima ti occupi dei tuoi affari e della tua vita felice, un attimo dopo ti vedi scivolare via davanti agli occhi ciò che hai di più importante, e non parlo solo di *cose*. Ci sono voluti anni per capire che sotto c'era qualcuno, e i suoi interessi, a voler impedire che vivessimo uno accanto all'altro. A Cipro i greci si sono accaniti contro i turchi, poi in Turchia i turchi si sono accaniti contro i greci. Ma quelli che ci hanno aggredito, che ne potevano sapere? Sono stati ingannati anche loro, forse c'è chi si è pentito, ma ormai è successo. I turchi a Cipro, i greci in Turchia, ci unisce lo stesso destino, essere costretti a separarci dalle nostre case, dai nostri vicini. E lo sapevamo, tanto che si correva in aiuto di chiunque, nel vicolo, avesse bisogno, senza fare distinzioni.

- Questo non è il destino! - intervenne Magnolia senza riuscire a trattenersi. - Ma un piano studiato apposta, senza pietà, a danno di gente che non poteva difendersi.

- Certo, qualcuno ha gettato i semi dell'odio, è andata proprio così. Ma non c'è più nulla che possiamo fare, se non cercare di impedire che si ripeta. Quando racconto di quei due giorni, ho sempre paura di suscitare un sentimento di inimicizia verso i turchi. È chiaro che dietro c'erano dei responsabili, come nel caso di Cipro, e a poco a poco sono venuti tutti fuori, chi aveva premeditato il piano e chi era il braccio armato. Non sempre hanno pagato per i loro crimini, spesso hanno cercato di dare la colpa a chi era del tutto incolpevole. E i responsabili, che non avevano perso tempo ad aizzare la folla alla prima occasione, se l'erano immaginato un esito così spaventoso? Morti, feriti; le botteghe, le case, i luoghi sacri incendiati o saccheggiati... E come se non bastasse le donne, le ragazze stuprate perché greche o di fede non musulmana. Secondo i giornali, in trenta erano corse in ospedale per via delle violenze. E quelle che in ospedale non avevano avuto il coraggio di andarci? Magari per la vergogna? Quelle che poi, per una vita, hanno fatto di tutto per dimenticare, per cancellare le atrocità subite. E quelle che non ci sono riuscite hanno finito col perdere la ragione, di notte non dormono per il timore di rivedere gli aggressori in sogno; o si tolgono la vita, incapaci di sopportare tutto quel dolore. Di questa sofferenza, a chi chiederemo conto?

Sul viso di Nikolai, segnato ora dalle lacrime ora dalla tensione, era impressa la paura.

I nonni e la madre di Magnolia non le avevano mai raccontato tutti questi dettagli. Si limitavano a dire che erano stati giorni orribili, poi tacevano e passavano ai bei ricordi.

Stava per imbrunire. Magnolia voleva restare per ascoltare quella storia fino alla fine, ma Nikolai sembrava provato.

- È stanco, se vuole possiamo continuare domani.

- Va bene, domani alla stessa ora. Adesso andiamo a bere qualcosa e poi ti riaccompagno a casa.

Si sedettero in un caffè. Nikolai le parlò di sé, di quello che faceva. Magnolia invece gli parlò di sua madre, era un'insegnante e i suoi alunni l'avevano amata moltissimo.

Un'ora dopo erano davanti a casa di Magnolia.

- Dunque è qui che viveva Elefteria. Non eravamo neanche troppo distanti. Avrei voluto incontrarla, ci saremmo confidati, avremmo parlato di Istanbul e condiviso i ricordi - disse Nikolai sorridendo. Pensava a lei, al tempo che aveva fatto il suo corso, alle sofferenze che si erano entrambi lasciati alle spalle per costruirsi una nuova vita ad Atene. Ma per quanto questa nuova identità li avesse distratti, per quanto il dolore e il rimpianto si fossero affievoliti, qualcosa dentro di loro rimaneva assopito. E quel giorno fu come se in Nikolai si fosse ridestato, come se all'improvviso qualcuno avesse riaperto un vecchio faldone coperto di polvere e dimenticato per anni in un archivio. Antichi ricordi usciti dalla nebbia ora gli apparivano nitidi davanti agli occhi.

9

Il giorno seguente

Magnolia era impaziente di ascoltare il resto della storia. In cucina si preparò un panino, lo mangiò in piedi, si vestì subito e uscì. Al primo taxi che passava fece segno di fermarsi.

Arrivò all'agenzia ancora più impaziente. Suonò il campanello e la segretaria, vedendola, sorrise.

- Prego, il signor Nikolai la aspetta.

Nikolai uscì dal suo ufficio non appena sentì la voce di Magnolia dall'ingresso.

- Come sta oggi? - gli chiese Magnolia.

- Bene, anzi, a dirla tutta da quando ti ho conosciuta sto molto meglio. Mi hai fatto tornare alla mente dei giorni felici, i miei vecchi amici. Per fortuna mi hai trovato! Non mi sentivo così da tanto tempo! - rispose lui con un sorriso. - Ora andiamo a bere qualcosa e ricominciamo da dove ci siamo interrotti. Voglio raccontarti la storia fin dal principio, come me l'hanno raccontata Hayri e Sedat *abi* mentre Celal era ricoverato, e come ha fatto anche lui uscito dall'ospedale.

- Quei ragazzi amavano la Turchia e il suo popolo molto più degli aggressori. Ah, Beyoğlu, da secoli il cuore di Istanbul. Il centro del commercio e del divertimento. Si chiamava Pera, in passato, ma da che mi ricordo per me è sempre stata Beyoğlu. I suoi edifici storici sono ancora in piedi, quante cose avrebbero da dire se potessero parlare...

Quei tre erano inseparabili, sin dall'infanzia, erano cresciuti insieme in un paesino a cinque o sei ore di viaggio dalla città. Hayri se ne era andato per studiare all'università, Celal e Sedat per scappare dalla provincia. Li aveva attratti *Istanbul dalle vie lastricate d'oro*[3]. Prima di trasferirsi, non c'era giorno in cui, guardando l'autobus partire, non sperassero di trovarsi anche loro a bordo. Ne parlavano sempre, di questa città che avevano visto solo nei film o nelle foto sui giornali, e non facevano che parlare di Beyoğlu.

Poi, finalmente, Beyoğlu l'avevano vista dal vero, ci potevano addirittura passare tutte le sere, animati da un amore e da una meraviglia che, dopo averli spinti a partire, continuava a crescere a poco a poco. Non esisteva che Istanbul, per loro: la conoscevano palmo a palmo, anche se non ci erano nati.

Finite le elementari, d'estate, era stata quella la volta che avevano deciso di andarsene. Come, però, era ancora tutto da capire. I sogni non bastavano più, era arrivato il

3 Modo di dire molto diffuso tra i migranti che arrivavano a Istanbul dalle zone rurali durante gli anni Cinquanta e Sessanta.

momento di studiare un piano. E un giorno, sulla riva del ruscello che scorreva accanto al paese, il piano arrivò: dopo tre settimane, con i loro risparmi, avrebbero comprato i biglietti dell'autobus e si sarebbero mossi mentre i rispettivi padri erano fuori per la preghiera del mattino.

Tre settimane erano lunghe, ma passarono in fretta. I sogni avevano lasciato il posto alla realtà, parlavano continuamente di Istanbul e della loro nuova vita in città. Il gran giorno arrivò, e il denaro era pronto. Dovevano solo andare alla stazione e comprare i biglietti, peccato che ci fosse ancora un piccolo problema: il bigliettaio li avrebbe venduti a dei bambini? Celal entrò da solo, gli amici fuori ad aspettarlo.

- *Abi*, tre biglietti per il primo autobus per Istanbul di domani.

- E i tuoi genitori dove sono, ragazzo? Hanno mandato te al posto loro?

- Ehm, mio padre ha da fare, per questo ha mandato me. Puoi chiederlo direttamente a lui, se vuoi. Vai dal ferramenta, quello nel vicolo di fronte alla moschea in piazza.

- Siamo aperti fino a sera, di' a tuo padre di venire lui, a comprarli. Non possiamo vendere i biglietti ai bambini - rispose il bigliettaio.

- Mio padre verrà domani, ma se domani non ci sono più biglietti, che facciamo? - si lamentò Celal uscendo dalla biglietteria.

Ne parlò con gli amici.

- Accidenti! Non possiamo partire... - fecero Sedat e Hayri incupendosi.

Venti minuti e Celal ci riprovò.

-*Abi*, mio padre non può venire. Chiede perché non vuoi venderci i biglietti, dato che ti abbiamo portato i soldi. Avanti, stacca questi biglietti, *abi*, sennò poi arriva e questa volta giuro che si arrabbia. Ha dei clienti in negozio, altrimenti sarebbe venuto. Guarda, lui può testimoniare - disse indicando Sedat.

- Va bene, va bene, tre biglietti?

- Due ragazzi e un adulto, tre in tutto, *abi*!

Quando uscì dalla biglietteria li stringeva nella mano...

Quella notte non dormì, come avrebbe potuto, era finalmente arrivato il momento che aveva sempre sognato. Quante altre notti si era perso nelle sue fantasie, immaginandosi di arrivare a Istanbul, di camminare e spassarsela per le sue vie. E alla sua immaginazione non poneva limiti, i sogni dovevano assecondare i desideri. "Il sogno è mio", pensava, "nessuno può intromettersi." Allora fingeva una volta di essere il giovane ricco dei film, che girava per il Bosforo in auto, una volta il ragazzotto dei sobborghi che faceva il meccanico per guadagnarsi da vivere.

Ma più di tutto voleva assistere a una partita del Beşiktaş e vedere dal vivo i giocatori di cui leggeva i nomi sui giornali. A Istanbul, sarebbe andato allo stadio ogni settimana. A volte, in sogno, era un calciatore. La palla passa a Celal, Celal avanza, dribbling, ancora dribbling, tiro e gooooollllllll! "Celal! Celal!", gridano dalle tribune. E con in testa queste immagini dormiva più felice. Dove cominciassero e dove finissero i suoi sogni non si poteva sapere. L'unica cosa certa era l'immagine sullo sfondo: Istanbul.

La mattina dopo si svegliò verso le cinque, il sole era appena sorto. In silenzio si alzò dal letto, prese dei cuscini e li infilò sotto la coperta, per non far insospettire sua madre nel caso fosse venuta a dare un'occhiata. Aprì la porta così lentamente che ci vollero quasi due minuti solo per abbassare la maniglia. Poi proseguì piano piano verso il salotto, dove suo padre lasciava sempre la giacca appesa al muro. Dalla tasca prese le chiavi della cassapanca in cui erano riposti gli incassi del negozio e le carte d'identità di tutta la famiglia. Camminava in punta di piedi perché le assi di legno non scricchiolassero, anche se nelle vecchie case era inutile. La cassapanca si trovava in una stanza che veniva aperta solo quando avevano visite. Celal e il fratello avevano il divieto assoluto di entrare. Erano occasioni importanti, per i genitori, la madre l'apriva e la preparava prima dell'arrivo degli ospiti, il padre li faceva accomodare sul divano di fronte alla porta e insieme bevevano il caffè. La cassapanca era proprio a lato del divano. Spesso Celal aveva visto suo padre aprirla e contare il denaro, ma stavolta toccava a lui. Si inginocchiò e mentre infilava la chiave nella serratura si ripeteva: "Dio mio, fa' che ci siano, fa' che ci siano." Capitava infatti, di tanto in tanto, che il padre prelevasse una certa somma e la portasse via, anche se negli ultimi giorni di simili movimenti non ne aveva visti. Che li avesse presi mentre lui dormiva?

Celal diede una prima mandata, poi una seconda. Quando con tutte e due le mani sollevò il coperchio, per la stanza risuonò un forte scricchiolio, come non ne aveva mai sentiti da un coperchio.

- Se si svegliano sono fregato! - si disse.

La cassapanca era piena di stoffe, fazzoletti, coperte di ogni tipo. Celal sapeva che i soldi erano arrotolati in una coperta bianca sulla destra. Spostò le banconote che stavano più in alto, prese la mazzetta di sotto, 400 lire in tutto, e se la mise in tasca insieme alla carta d'identità. Arrotolò di nuovo le altre banconote nella coperta e la rimise a posto sotto le stoffe e i fazzoletti. Chiuse il coperchio più lentamente, con le gocce di sudore che scendevano una ad una per l'agitazione. Con la mano si asciugò la fronte, infilò la chiave nella serratura e richiuse la cassapanca a doppia mandata. Ora doveva rifare tutta la strada al contrario fino al letto. Rimise le chiavi nella giacca del padre e tornò in camera, sempre in punta di piedi.

I genitori non potevano capire subito che qualcuno aveva preso dei soldi, prima dovevano per forza contarli. E poi, pensò Celal, se anche se ne fossero accorti, sarebbe successo solo la sera dopo, nel riporre l'incasso nella cassapanca, ma a quel punto lui sarebbe già stato a Istanbul da un pezzo...

Celal si rimise a letto, ma di dormire non se ne parlava, c'era solo da aspettare che arrivasse l'ora della preghiera del mattino, prima non poteva fare nulla.

Si sentì il richiamo, e anche il vociare dei genitori.

- Manca poco - mormorò.

Vide suo padre che usciva di casa e sua madre che lo salutava dal giardino. Rivolse uno sguardo pieno d'affetto a sua madre, poi baciò la fronte del fratello Bilal che ancora dormiva. Chissà quando li avrebbe rivisti. Sarebbe voluto andare anche al cimitero, sulle tombe dei suoi fratelli Kemal e Cemal, ma non c'era stato tempo. Dalla finestra gettò un fagotto in cui aveva messo qualche vestito, della biancheria e un pantalone, si sporse dal davanzale e saltò giù. Con il fagotto sulle spalle, scavalcò il muro del giardino e uscì per strada. Si girò per guardare la sua casa un'ultima volta, e si incamminò attraverso una serie di vicoli secondari per non farsi vedere da nessuno. Con Sedat e Hayri l'appuntamento era al parchetto davanti alla stazione.

Arrivò per primo, si accovacciò sotto un albero e si mise ad aspettare. Dopo un po' ecco anche Sedat. Ma Hayri, quanto ci metteva?! Il piano era di saltare sull'autobus all'ultimo momento, e pregare di non trovarci qualcuno che conoscesse i genitori, altrimenti erano finiti.

Quando annunciarono la corsa per Istanbul, Hayri non si vedeva ancora. Non potevano più aspettare, alla partenza mancavano solo pochi minuti.

- Potrebbe saltare su all'ultimo secondo - disse Sedat.

Celal era d'accordo.

- Avanti, cominciamo a entrare nella stazione.

Come sempre, tutti i passeggeri lasciavano i bagagli all'assistente di viaggio, che saliva sul tetto dell'autobus per sistemarli. Celal e Sedat si avvicinarono alle porte posteriori, mentre gli altri viaggiatori cominciavano a prendere posto. Di Hayri ancora nessuna traccia.

- Sedat, saliamo... saliamo adesso! Non avremo un'altra occasione, forza, muoviti!

Si fiondarono su prima che l'assistente scendesse dal tetto. L'autobus si mosse lentamente, avviandosi verso l'uscita. Hayri alla fine non era venuto.

L'assistente li notò appena fuori dal paese.

- Siete qui da soli, ragazzini?

- Ehm, ci ha fatto salire mio padre, non l'hai visto? - rispose Celal. - Non ci hai proprio visto, da sotto ti abbiamo chiamato così tante volte. Mio zio verrà a prenderci ad Harem. Puoi accompagnarci alla biglietteria.

- Sempre a me capitano gli affidi - si lamentò l'assistente. - Ascoltatemi bene, ragazzi, durante la sosta non sparite, mi raccomando, state sempre accanto a me.

E anche questa era fatta, bisognava solo capire come fare una volta ad Harem.

- Ci penseremo lì - decise Celal.

Da un lato erano felici, dall'altro un po' tristi perché mancava uno di loro.

La sera prima Hayri si era coricato vestito. E la mattina dopo, nell'esatto momento in cui aveva messo piede in giardino, aveva incontrato suo padre: "Come mai ti sei alzato a quest'ora, ragazzo? Bene, puoi accompagnarmi alla preghiera." Dopo aver pregato, erano tornati a casa e avevano fatto colazione insieme. "Chissà cosa penseranno, diranno che sono un fifone", si tormentava Hayri. Andò avanti per anni a ripetersi che un giorno avrebbe messo a parte i suoi amici di cosa era andato storto.

Celal e Sedat erano sulla via per Istanbul da un pezzo.

- Ce l'abbiamo fatta, Sedat! Siamo partiti per davvero! Chissà perché Hayri non è venuto…

- Di sicuro è stato beccato, altrimenti sarebbe qui. Ma non ci tradirà.

- No, non ci tradirà, di certo non ci tradirà - si convinsero.

L'idea era di scendere ad Harem e raggiungere Sirkeci con il traghetto. Il resto doveva farlo il destino. Avrebbero alloggiato in una piccola pensione, ma, per carità, nessuna faccia conosciuta doveva vederli. Farsi scoprire significava tornare a casa, e tornare a casa significava prenderle di santa ragione e finire in castigo. No, per l'amor di Dio! Andavano a Istanbul per restarci, non per tornarsene indietro.

Giunti ad Harem i passeggeri scesero dall'autobus. L'assistente prese i due ragazzini e li portò alla biglietteria.

- Verrà a prenderli lo zio, glieli consegni quando arriva - disse.

- Mi lasci cestini, fagotti, e ora pure dei bambini, ah ah ah! - attaccò il bigliettaio. - Ma che ci facciamo qua, i tutori? Come se non avessimo altro da fare!

- Cosa vuoi che ti dica? - replicò l'assistente. - Io te li ho portati, buon lavoro - e ritornò sull'autobus.

I due ragazzi si misero a sedere e ad aspettare uno zio che non sarebbe mai arrivato.

- Allora? - chiese dopo un po' il bigliettaio. - Non sapete quando arriva l'autobus?

In realtà, se anche ci fosse stato uno zio a bordo di un autobus, solo Dio poteva sapere quando sarebbe arrivato, a volte ci volevano sei ore, altre sette.

- *Abi*, manca poco, lo aspettiamo fuori, così lo vediamo appena scende.

- Va bene, va bene, ma non ve ne andate in giro, non sparite.

E con in mano i loro piccoli fagotti, si sedettero davanti alla porta.

- Ragazzi, vado in bagno e torno - li avvisò il bigliettaio dopo mezz'ora. - Voi aspettate qui - e se ne andò chiudendo a chiave la porta della biglietteria.

Non appena l'uomo girò l'angolo in direzione dei bagni, loro cominciarono a correre verso il molo dei traghetti. Non si guardarono neppure alle spalle, non volevano neanche pensarci a quanto sarebbe stato brutto tornare indietro.

Ora dovevano solo traghettare.

Comprarono i biglietti alla cassa accanto al molo. Dal traghetto che aveva appena attraccato stavano scendendo i passeggeri. Quando anche l'ultimo sbarcò e fu possibile salire, si precipitarono a bordo, tenendosi sempre per mano per non perdersi. Era il loro primo viaggio per mare. Arrivati dall'altra parte scesero dal traghetto, gli occhi fissi alla torre di Galata sulla sponda opposta del Corno d'Oro.

- Avanti, entro stasera dobbiamo trovare un posto per dormire - fece Celal.

- Dove andiamo? - chiese Sedat.

Per Celal c'era una sola risposta. Conosceva Istanbul, era certo di conoscerla come il palmo della mano, quella città che aveva visto nei film e di cui aveva letto su vecchie riviste.

- Beyoğlu!

Da Karaköy, costeggiando la riva sulla destra, non fu difficile arrivare a Tophane. Ma da lì come raggiungere Beyoğlu?

- Chiediamo indicazioni - propose Sedat.

Fermarono un uomo che incrociarono poco più avanti.

- Percorrete tutta questa salita - disse - e superate Cihangir, poi siete Beyoğlu.

Cominciarono a percorrere la cosiddetta "salita degli Italiani", come scoprirono in seguito. Quando arrivarono alla piazza di Cihangir erano circa le quattro di pomeriggio. Chiesero allora altre indicazioni a un ragazzino come loro, che con un cenno della mano suggerì la direzione.

Camminando per quei vicoli secondari notarono le insegne di alcune pensioni.

- Celal, troviamoci prima un posto dove stare, poi andiamo a Beyoğlu. Io sono stanco e ho fame - disse Sedat.

Videro un'altra insegna, ma non piacque a nessuno dei due. Così proseguirono, e girando di qua e di là senza sapere dove fermarsi s'imbatterono in Madame Agate, che stava spazzando davanti alla porta della sua pensione.

Madame Agate non aveva nessuna intenzione di accettarli come ospiti, erano solo dei bambini.

- Chi siete, piccoli? Dove sono i vostri genitori?

Sedat e Celal si misero seduti sul marciapiede a confabulare.

- Dove alloggiate?

- Non lo sappiamo - risposero.

Di lasciarli per strada, però, Madame Agate non aveva cuore.

- Potete restare finché i vostri genitori non verranno a riprendervi - si decise, e li sistemò nella stanza all'ultimo piano.

Mia madre era una donna buona. Dopo la morte di

mio padre aveva trasformato la casa in una pensione, era di quello che vivevamo. Mio fratello Feodor aveva otto anni, io dieci. Nella pensione, oltre alla nostra, c'erano altre quattro camere. Quando a quei due fu data la camera all'ultimo piano era il 1948.

Madame Agate li aveva accolti a patto di consegnarli dopo qualche giorno alle rispettive famiglie, ma così non fu. Diede loro carta e penna, dovevano scrivere a casa e farsi venire a prendere. Celal e Sedat misero però un indirizzo sbagliato, spedirono le lettere ma non ricevettero mai risposta.

Mia madre trovò un lavoro a tutti e due. Li portò da un fiorario di nome Andre e gli disse:

- Prendili con te e fanne degli uomini.

Non passò molto tempo che iniziò a considerarli come figli suoi. Un posto alla nostra tavola, lo hanno sempre avuto, a differenza degli altri ospiti della pensione.

Hayri *abi* arrivò molto più avanti, quando fu ammesso all'università. E non dovette cercarsi un posto dove stare, arrivò subito alla nostra pensione.

Ecco, questa è la loro storia, la storia di come sono arrivati a Istanbul, di come per anni abbiamo vissuto insieme come una vera famiglia.

Nikolai aveva gli occhi pieni di lacrime. Prima di continuare fece un respiro profondo.

- Quella sera, quella sera la vostra casa è stata incendiata davanti ai nostri occhi, i vicini hanno tentato di tutto, ma niente. Ci è dispiaciuto tanto, tantissimo... - disse. - Per fortuna Stavro *amca* aveva portato via tua nonna e tua madre, altrimenti sarebbe potuto accadere di peggio.

- Sì, lo so - commentò Magnolia. - So che mio nonno le ha prelevate da casa e le ha portate da sua sorella a Yeniköy.

Si guardarono in silenzio.

- Ho deciso che andrò a Istanbul, nel vicolo dove è nata mia madre.

- È lo stesso vicolo dove sono nato io - aggiunse Nikolai sorridendo.

- Vorrei incontrare anche il signor Celal, per tutto ciò che quella notte lui e i suoi amici hanno fatto per noi...

- Quando ci siamo incontrati era molto felice, sono sicuro che avrà piacere anche a vedere te. Ti do l'indirizzo della sua bottega.

E ricominciò a raccontare:

- C'erano delle avvisaglie già la notte precedente. Hayri *abi* studiava all'università e aveva accesso in anticipo a tutta una serie di informazioni. All'epoca andare all'università era quasi come fare il console. Sapevano, leggevano tutto. Ebbene, mentre se ne stava seduto coi suoi amici al Çiçek Pasajı[4], Hayri *abi* parlò delle voci che giravano, c'era il sentore che qualcosa stava per accadere. Quello che videro per strada tornando a casa non fece che confermare i loro sospetti.

- Cosa videro? - chiese Magnolia.

- C'erano dei segni sulle case e le botteghe dei greci, per evitare che gli aggressori danneggiassero quelle dei

4 "Passaggio dei fiori", storica galleria situata su İstiklal Caddesi e sede di ristoranti, sale da tè e bar.

turchi. Era chiaro a tutti che l'obiettivo eravamo noi. Appena li videro corsero ad avvertirci, passarono la notte a cancellarli.

- Ma il vicolo è stato saccheggiato lo stesso, e la nostra casa incendiata.

Nikolai annuì con tristezza.

- È andata così, purtroppo. La sera dopo, Celal, Sedat e Hayri si allontanarono per accertarsi che altri amici fossero al sicuro. E quei disgraziati arrivarono, stavano insieme a un turco che conosceva il quartiere, e indicò, una per una, di chi erano le case e le botteghe.

- Lo conosceva, quell'uomo?

- Come potevo non conoscerlo? Aveva un negozio nella via più sotto. Facevamo compere da lui e lui ogni giorno veniva al caffè all'angolo. Ero giovane, ma di vista conoscevo tutti.

Magnolia non riuscì a dominare la rabbia:

- Come si può fare una cosa del genere? Che cosa gli avevate fatto?

- Niente, eravamo solo vicini di casa. In alcune persone vive un mostro, un mostro che si nasconde e che esce allo scoperto non appena ne ha l'occasione. E quando esplode travolge le sue vittime senza badare se sono innocenti o meno. I nostri amici erano tanti quanti i nostri nemici. Ed erano saggi e giusti, gli altri no. Gli aggressori di quella notte facevano gli eroi, gli uomini di fede. Noi non gli avevamo mai mancato di rispetto, e anche se ci chiamavano "minoranza", non ce ne importava. Le nostre radici affondavano lì, nella nostra terra, nella nostra patria. Razzismo che si nutre di ignoranza… C'è forse un'altra ragione per attaccare degli innocenti, che siano greci, armeni o ebrei, per pestare a morte qualcuno, saccheggiare la sua casa, stuprare le sue donne?

Nikolai si era infervorato, il viso imperlato di sudore. Raccontare significava rivivere, con l'unica differenza che a distanza di anni ora i responsabili e i loro interessi erano stati smascherati. Magnolia, percependo tanto la sua rabbia quanto la sua tristezza, approfittò del silenzio che era calato per fare una pausa:

- Usciamo e andiamo da qualche parte?

- Non possiamo, ci aspettano a casa. Questa sera verrà anche mio fratello Feodor, gli ho parlato di te e vorrebbe incontrarti. Da bambino era molto affezionato a tua madre. Non perdiamo tempo.

Presero le loro cose e uscirono dall'agenzia, salirono in macchina e in un attimo furono a casa di Nikolai.

A cena la fecero sentire importante, come l'ospite d'onore di una cerimonia ufficiale. Era Magnolia, nientemeno che la figlia ateniese di Elefteria l'affezionata vicina di casa con cui anni prima Feodor e Nikolai avevano condiviso il vicolo e l'aria che respiravano. Era davvero orgogliosa di essere figlia di sua madre.

Saper costruire un legame col passato ha un valore inestimabile, e quando si ha la fortuna di imbattersi in qualcuno che lo rinnova, ebbene questo qualcuno vale ancora di più. Magnolia era questo, un filo che poteva riavvicinare al tempo che fu. Ed era un po' come se con lei fosse venuta in visita anche Elefteria, parlavano con l'una e sembrava di parlare anche con l'altra. Le mogli e i figli, poi, erano così calorosi che a Magnolia sembrava di conoscerli da anni, non poteva essere più felice.

La tavola era imbandita con i piatti migliori.

- Se tornassi a trovarvi per un paio di settimane il mio peso raddoppierebbe - disse, e abbracciò con affetto la moglie di Nikolai, che invitò tutti ad accomodarsi prima che la cena si freddasse.

- Magnolia andrà a Istanbul - annunciò Nikolai mentre chiacchieravano.

La gioia esplose sul volto di Feodor:

- Devi assolutamente andare nel nostro vicolo, vedere dove abitava la tua famiglia. Ora ci abiterà qualcun altro, ma quella era proprio casa vostra, di tua madre, quando arrivi capirai. Ricorda queste parole.

- Poi devi andare al Çiçek Pasajı a bere un *rakı*. Naturalmente, in sottofondo suonerà la fisarmonica di Madame Anahit. Chiunque vada al Çiçek Pasajı non può non ascoltarla.

- L'ultima volta che ci siamo andati è venuta al nostro tavolo, c'era anche Celal *abi*. Ero molto giovane, all'epoca, e non l'avevo mai sentita - disse Feodor.

- Me la cantava mio nonno quando beveva il *rakı*, una di queste canzoni che sentiva al Çiçek Pasajı, ma non ricordo chi la suonava.

- Stavro *amca* ci aveva detto che Madame Anahit è di origini armene. Suona magnificamente, non puoi tornare senza averla sentita - si raccomandò Feodor.

- Anche io ero giovane quando ho ascoltato Madame

Anahit per la prima volta - attaccò a raccontare Nikolai, ridendo. - E con giovane intendo sui sedici anni. Quella sera ero andato al cinema con Celal, Sedat e Hayri *abi* e al ritorno ci siamo fermati a bere una birra. Era la prima volta che ascoltavo Madame Anahit. Peccato che poi, per colpa dell'effetto della birra, mia madre mi ha conciato per le feste. Il mattino dopo, a colazione non c'erano né Celal né gli altri. Sentendo le grida di mia madre, si erano alzati per scappare ed evitarsi una bella lavata di capo.

- Li ha rimproverati? - chiese Magnolia curiosa.

- Certo che sì. "Far bere un ragazzo, vi rendete conto? Diventerà un alcolizzato, via, uscite, niente colazione per voi, andate a mangiare da un'altra parte!" Non voleva saperne del loro "perdonaci, Madame, ti prego, l'abbiamo fatto senza pensare". Due o tre giorni dopo, però, mia madre non ha più resistito e mentre stavano uscendo, sempre senza colazione, li ha chiamati: "Venite, asini!"

- E loro? - chiese di nuovo Magnolia.

- Cosa vuoi, sono corsi subito a tavola. Ma mia madre non perdonava tanto facilmente. "Baciatemi la mano e chiedetemi scusa. Stasera portate una bottiglia di *rakı* e ce la beviamo tutti insieme", questa è stata la punizione.

- Me la ricordo, quella sera - disse Feodor. - Quando la mamma se ne è andata, Celal *abi* ti ha fatto fare un gran sorso di *rakı*, e quando gliel'ho chiesto anche io mi ha risposto: "Gira al largo o ci metterai nei guai." Ma ho insistito così tanto che alla fine ha ceduto: "Avanti, bevi."

Nikolai si ricordò la scena e scoppiò a ridere.

- Che bei giorni avete vissuto - disse Magnolia.

Sì, nel quartiere avevano conosciuto giorni felici. A nessuno si faceva del male, a nessuno si negava il saluto. Al mattino presto gli uomini uscivano di casa alla spicciolata per andare al lavoro, si incontravano lungo la strada e proseguivano insieme fino a Taksim. E le donne, salutati i mariti, chiamavano subito le vicine per bere il caffè e spettegolare sui fatti del giorno prima. In estate e in primavera rimanevano sedute all'aperto, sulle scale davanti casa, e lavoravano all'uncinetto, sgridando di tanto in tanto i bambini quando facevano troppo baccano. I ragazzi giocavano a palla, le ragazze a saltare la corda, ma nessuno pensava a distinguere i greci dai turchi.

Del vicolo, Nikolai ricordava una quantità di aneddoti:

- C'era un tale, Tahsin *amca*, che vendeva *tesbih* davanti alla moschea. Si era ammalato ed era costretto a stare a casa. Sapendo che non lavorava, i vicini avevano cominciato a cucinare a turno e a portare da mangiare a sua moglie, Müfide *teyze*. Tuo nonno, Stavro *amca*, aveva pure fatto venire un suo amico medico a visitarlo. E anche lui passava a dargli un'occhiata di tanto in tanto.

Era tutto un fluire di ricordi, uno dopo l'altro.

Nikolai e Feodor avevano trascorso gran parte della loro vita ad Atene, ma con la testa erano sempre da un'altra parte.

"Allora è questa la nostalgia della propria terra, è trovarla sempre al primo posto nei propri ricordi", pensò Magnolia.

10

Aeroporto Atatürk
Istanbul, 20 agosto 1989

Quando le ruote dell'aereo toccarono la pista, Magnolia non riuscì più a nascondere l'emozione.

- Oooh, siamo atterrati finalmente!

Celena la guardò e le chiese:

- Sei emozionata? Non dire di no! Ma la verità è che io lo sono più di te.

Magnolia le rispose con un filo di voce:

- Eccome se lo sono!

L'aereo si fermò e loro si avvicinarono alla porta d'uscita. Scendeva i gradini della rampa, uno ad uno, e pensava a sua madre. Anche lei stava per mettere piede in patria. "Chissà se mi sta guardando."

Aspettarono il loro turno alla sala arrivi e passarono il controllo passaporti. Avevano entrambe un motivo per essere eccitate, Celena perché ritornava dopo anni nella città dov'era nata, Magnolia perché visitava per la prima volta quella della madre. Recuperarono le valigie e si avviarono verso l'uscita alla ricerca di un taxi.

- A Taksim! - disse Celena all'autista.

La strada fu tutto un parlare di Istanbul, naturalmente. Quando dal lungomare arrivarono a Sarayburnu, Magnolia indicò rapita qualcosa fuori dal finestrino:

- La torre di Leandro...[5]

Magnolia conosceva la storia, grazie a sua madre. Una profezia voleva che la figlia dell'imperatore di Bisanzio, l'unica che aveva, e per questo amatissima, era destinata a morire stritolata da un serpente prima di compiere i diciotto anni. L'imperatore, per proteggerla, la fece rinchiudere nella torre, ma ciò non bastò a impedire che la profezia si avverasse: la principessa fu uccisa da un serpente nascosto nel cesto della frutta. Il finale della storia era così triste.

La torre, eredità del periodo bizantino, si erge all'imboccatura del Bosforo, dal lato del mar di Marmara, come a salutare i viaggiatori provenienti dalle rive di Üsküdar. La sua preziosa bellezza si aggiunge alle altre per cui questo posto è proverbialmente noto. E ancora più bella è quando la guardi stagliarsi candida sulla sua isoletta, su quelle acque di un blu profondo che luccicano sotto il sole di primavera. Simbolo di Istanbul, fonte d'ispirazione per un'infinità di poeti, soggetto preferito di innumerevoli pittori.

- Puoi vederla da Üsküdar, da Beşiktaş, da Eminönü, da Cihangir... E a seconda di dove la guardi ti mostra una bellezza diversa - le diceva sua madre. Memore dei

5 In turco *Kız Külesi*, letteralmente "torre della ragazza".

suoi racconti, Magnolia si preparava ad accogliere le luci di Istanbul. “Com’è grande questa città”, pensò.

- Guarda, di fronte c’è la torre di Galata e sopra Beyoğlu, cioè Pera! Domani ci andiamo - esclamò Celena.

Magnolia rispose con un sorriso:

- Domattina, dopo colazione, per prima cosa andremo a vedere la casa di mio nonno.

- La scuola in cui ho studiato è di strada, vorrei passare anche da lì…

Nonostante fosse già calato il buio della sera, Celena continuava a guardare la sua città e a pensare quanto fosse cambiata. Fino a Taksim, non fece che parlarne.

Una volta lì, presero una stanza d’albergo, chiedendo espressamente che fosse all’ultimo piano, volevano vedere il Bosforo. Magnolia si avvicinò alla finestra, davanti a lei si estendeva Istanbul con tutte le sue luci.

- Un panorama magnifico… - disse senza riuscire a staccare gli occhi.

- Vedrai domattina al risveglio - aggiunse Celena, sorridendo mentre le si avvicinava. - Ti toglierà il fiato.

Per un po’ se ne restarono lì, a godersi lo spettacolo.

Dopo cena fecero una passeggiata. Quando arrivarono accanto al monumento di Atatürk al centro di piazza Taksim, Celena indicò Sıraselviler Caddesi:

- Per arrivare alla casa di tuo nonno si passa da quel viale.

Magnolia era tentata di andarci subito, ma prima della partenza le avevano riferito che i vicoli secondari potevano essere pericolosi.

- La vedremo domani - disse paziente.

Quindi, tra il luccichio dei negozi, imboccarono İstiklal Caddesi.

- Il Çiçek Pasajı è ancora lì - fece Celena.

Si scambiarono un'occhiata.

- Un amico mi ha consigliato di andarci a bere un *rakı*, che ne dici? - propose Magnolia.

Era un po' come vivere dentro alle memorie di suo nonno. Stava andando a bere un *rakı* al Çiçek Pasajı e sul menu avrebbe riconosciuto tutti i nomi dei piatti tradizionali: *cacık*, *pilaki*, *dolma*... Gli alcolici non le interessavano granché, ma il *rakı* era diverso, le ricordava l'*ouzo*, una delizia dal sapore antico. E la felicità che stava assaporando con Celena era tutta nuova, una felicità che pochi conoscono, quella di quando si ritrovano le proprie radici. Fu una delle notti più intense di sempre.

Anche il padre di Magnolia andava spesso al Çiçek Pasajı, o almeno così le avevano raccontato. E se fosse stato seduto proprio a quel tavolo? O forse andava nella *meyhane* di fronte... Chissà quali piatti gli piacevano.

Dopo il Çiçek Pasajı, poco importava che ora fosse, lui non poteva fare a meno di andare a trovare Elefteria. Magnolia bevve un sorso di *rakı*, e sua madre prese posto accanto a lei.

- Mi svegliavo ogni notte con il rumore di quei sassolini contro la finestra della mia camera, non facevo che aspettare quel momento. Una volta, però, non è arrivato nessun sasso, nessun rumore. Mi sono alzata dal letto per guardare la strada dalla finestra, forse stava arrivando... Invece no, quella notte niente, a quanto pare aveva bevuto troppo insieme ai suoi amici e si erano addormentati sulle scale all'imbocco del vicolo. Il mattino dopo mi ha seguita mentre andavo a scuola. Quanto puzzava! Si sentiva ancora il *rakı* della sera prima. Facevo la sostenuta, non intendevo rivolgergli la parola per tutto il giorno, e per quanto fossi decisa a tenere il broncio sotto sotto ero compiaciuta. La notte seguente è tornato a tirare sassi contro la mia finestra, e io ero già lì prima che iniziasse. Io lo guardavo, lui mi guardava. Teneva le mani giunte per chiedere perdono, mentre io alzavo le spalle come a dire "cosa me ne importa". Allora ha abbassato la testa con aria così colpevole... L'ha risollevata e io gli ho mandato un bacio con la mano. Dalla felicità stava per arrampicarsi sul palo della luce...

- Ecco, Celena, sono qui, nella terra di mia madre. Brindiamo alla sua salute - disse Magnolia levando il bicchiere. Intanto si avvicinava il suono di una fisarmonica, piano piano, - Madame Anahit! Mio nonno ne parlava sempre, e anche Nikolai.

Madame Anahit girava tra gli ospiti suonando e a ogni tavolo si fermava per raccogliere le offerte. Quando arrivò da loro, Magnolia tirò fuori i soldi dalla borsa, li mise nel sacchetto e disse:

- Questi sono da parte di mio nonno, mia nonna, mia madre, Nikolai e Feodor.

Madame Anahit la ringraziò, negli occhi un pizzico di stupore, e Celena sentì di doverle dare delle spiegazioni:

- Sono alcuni amici che anni fa venivano qui ad ascoltarla. Li prenda, gliene saremmo grate.

Poi Magnolia, nel suo turco stentato, le chiese di suonare *Mia bella magnolia*. Madame Anahit fu contenta di suonare una canzone così famosa, e fu ancora più contenta quando sentì la sua voce che l'accompagnava.

"È così bella", pensò Magnolia. Era la prima volta che la sentiva da qualcuno che non fosse sua madre.

Non so resistere al tuo profumo, mia bella Magnolia...

11

La casa di Stavro il dentista

Il mattino dopo svegliarsi fu una fatica.

- Abbiamo bevuto troppo - si lamentò Celena.

L'orologio segnava quasi le undici.

- Ooh, è tardissimo! Alzati, su, svelta! - disse Magnolia schizzando fuori dal letto.

- La casa non va da nessuna parte. Prima facciamo colazione, tanto ci vorranno cinque, dieci minuti al massimo - propose Celena mentre si preparava.

Dopo colazione uscirono subito, e da Sıraselviler iniziarono a camminare verso Çukurcuma. Percorsero per un po' il viale e si ritrovarono nella strada della vecchia scuola di Celena.

- Qui è dove ho studiato da bambina - disse con nostalgia.

Non appena varcò il portone con l'insegna "Istituto greco per l'istruzione femminile Zapyon", si commosse. Prima dell'esodo dei greci da Istanbul la scuola contava circa trecentocinquanta iscritte, poi il numero era sceso a cinquanta. Si rivide che correva nel giardino, i giochi che condivideva con le compagne erano ancora lì. Le sue compagne, dove saranno finite? Disperse da qualche parte... Accarezzò il muro con la mano, inspirò l'aria del cortile. Magnolia la osservava in silenzio.

Quando Celena chiese al custode di poter vedere la sua classe, spiegando che aveva studiato lì e che per anni non l'aveva più vista, lui non se la sentì di dire di no. Entrarono nella scuola e salirono la scalinata che dall'ingresso principale portava al primo piano. Attraversarono il corridoio fino all'ultima porta.

- È questa! - disse Celena emozionata, e l'aprì.

Dentro, tutto era rimasto com'era. E l'emozione cresceva. Si avvicinò senza esitare al suo vecchio banco. Gli occhi sembravano cercare qualcosa.

- Ecco! - disse infine con gioia.

"Celena e Maria 1964". Sul banco era impressa una scritta, di lato, in modo che nessuno potesse vederla e cancellarla. Chi se lo immaginava, all'epoca, che un giorno sarebbe tornata lì, a rileggere quei due nomi, come una straniera? Maria, la sua compagna di banco. Anche lei e la sua famiglia erano emigrati nel 1964. Forse, però, anche Maria era tornata, forse anche lei aveva rivisto la scritta.

Celena si sedette, fissò la lavagna nera, si ritrovò nel bel mezzo di una lezione, le sue vecchie compagne erano tutte lì, ascoltavano. Qualche lacrima le rigò il viso. Non si mosse per diversi minuti, quel banco lo baciò, lo accarezzò, lo amò... mentre Magnolia guardava soltanto, non diceva una parola.

- Questo è il mio banco...

Magnolia annuì con lo sguardo, e vide che le lacrime di Celena finivano sul piano di legno.

Poi uscirono dalla classe e si spostarono nel cortile interno.

- Qui è dove sedevamo io e Maria durante la ricreazione - continuò Celena, che intanto si guardava intorno per cercare di ricordare.

Tornarono al portone principale. Celena ancora una volta poggiò la mano sul muro, ancora una volta fissò lo sguardo alla sua scuola, poi si rivolse a Magnolia:

- Forza, andiamo, ci sono cose più importanti da fare!

Accelerando il passo si incamminarono nella via sulla destra che portava a Çukurcuma. Chissà che effetto le avrebbe fatto la casa del nonno. Di certo però le avrebbe colmato il vuoto che sentiva dentro. Era un'emozione indescrivibile.

"E se l'hanno abbattuta?", pensò all'improvviso. "Non importa. Mi basterà vedere il vicolo", si disse, cercando di risollevarsi. E poi, stando ai racconti di Nikolai, la casa era ancora in piedi. Pensieri confusi le attraversavano la mente, tanto che inciampò diverse volte nei basoli del selciato.

- Dovrebbe essere questo - disse Celena.

Magnolia rallentò, le ginocchia stavano per cedere. Avanzò un poco e lo vide, vide il vicolo in cui era nata sua madre. C'erano dei bambini che giocavano a palla e alcune donne che chiacchieravano sedute sulle scale davanti casa. Cominciarono a seguire i numeri civici. Si fermarono al sette:

- È qui... - decretò Celena.

Magnolia fissò la casa, era commossa, si vedeva, e non diceva una parola. Con un passo di nuovo fermo, sicuro, si avvicinò all'ingresso, a separarla solo il marciapiede. Il muro, le colonne di marmo ai lati del portone, le finestre e i motivi floreali che ornavano la facciata del piano superiore... Per qualche attimo osservò soltanto. Poi fece altri due passi in avanti e lentamente allungò la mano su una colonna di marmo. Toccandola affiorò una sensazione strana. Era come toccare qualcosa di vivo. La nostalgia di tutti quegli anni, le sembrò di averla provata lei, invece dei nonni, di sua madre.

Calore, ecco cos'era, fu presa all'improvviso da un senso di calore. Tra lei e quella casa stava accadendo qualcosa, una voce le diceva che le apparteneva. Le colonne le davano il bentornato, e alle sue spalle, sul marciapiede, facevano la loro comparsa anche i nonni e sua madre. Si tenevano a braccetto e la guardavano sorridendo. Stavro il dentista stringeva il suo cappello di feltro e con fare paterno le faceva segno di entrare.

Elefteria si allontanò dai genitori e le si fece incontro.

Le accarezzò i capelli neri.

- Ecco, piccola mia, io sono nata qui, questa è casa tua.

Magnolia si inginocchiò sul primo gradino e appoggiò la testa al muro come fosse la spalla accogliente di un caro amico. Respirava profondamente, voleva sentire che odore aveva e non dimenticarlo più. Anche lei lo baciò, lo accarezzò. Come fosse l'uomo che amava.

In quel momento, da una delle finestre aperte fece capolino una donna. Vedendola in ginocchio si agitò:

- Figliola, ti è successo qualcosa?

- Salve, sua madre e suo nonno sono nati in questa casa. Voleva solo vederla - le rispose Celena.

La donna rientrò e ricomparve alla porta d'ingresso.

- Benvenute, benvenute, prego, entrate! - le invitò, e loro si scambiarono uno sguardo. Gli occhi di Magnolia imploravano di entrare.

La padrona di casa le fece accomodare in salotto e portò un bicchiere d'acqua.

- Ancora benvenute, io sono Sabahat - si presentò.

Di media statura, un filo corpulenta, i capelli castani appena ingrigiti e il viso sorridente, la signora Sabahat era una di quelle amabili casalinghe che da un lato non fanno che lamentarsi, dall'altro ringraziano Dio della loro condizione. Gli ospiti, chiunque fossero, per lei erano di tale importanza che si dedicava ad accoglierli anima e corpo, a volte facendosi prendere dal panico per tutto quello che c'era da fare. Ma erano proprio questi momenti di affanno a renderla ancora più amabile. Dimostravano tutto il senso dell'ospitalità che da generazioni si trasmetteva nella sua famiglia e nell'ambiente in cui era cresciuta.

Anche Magnolia e Celena si presentarono.

- Vi preparo un caffè e poi vi faccio visitare la casa, va bene?

- Non si disturbi! - le rispose Celena, ma la signora Sabahat non volle sentire ragioni.

- Cos'ha detto? - chiese Magnolia.

- È andata a farci il caffè. Per i turchi è tradizione offrire qualcosa agli ospiti, e sarebbe scortese non accettare.

Magnolia si era un po' ripresa.

- E perché mai non dovremmo accettare? A me piace il caffè - rispose con un sorriso.

Servito il caffè, la signora Sabahat cominciò a parlare senza sosta. La casa l'aveva comprata il padre di suo marito, il signor Mete, quando ancora cadeva a pezzi a causa dell'incendio. Loro l'avevano ristrutturata e rimessa in sesto, e lì il signor Mete aveva trascorso la sua giovinezza. Mentre raccontava, però, la signora Sabahat saltava spesso anche ad altri argomenti, per lo più fatti che riguardavano i vicini, dalla scuola che frequentava la figlia di questo alle avventure di quello che aveva una relazione con quell'altra.

- Aaaa! - esclamò all'improvviso. - Ci siamo messe a chiacchierare e io non ho avvertito Mete - e andò a prendere il telefono. - Mete, non ci crederai, sono venute fin da Atene... È la nipote dei vecchi proprietari. Poverina, sapessi quanto ha pianto... Te lo giuro, mi si è spezzato il cuore. E poi, sapessi come è bella, che Dio la preservi dal malocchio... Sì, sono sedute in salotto. Che Dio possa darle il meglio. Certo che glielo dirò, Mete, per chi mi hai presa?! Va bene, sì, glielo dirò. Va bene. Glielo dico, su, ti saluto, buon lavoro... - e riagganciò.

Tornò da loro:

- Mio marito era così contento, se avesse saputo che sareste venute oggi, al lavoro non ci sarebbe andato. Dovete assolutamente rimanere a cena. Non provate a rifiutare, non esiste! E poi Mete ha una bella sorpresa per questa bella ragazza. Avanti, venite, vi faccio visitare la casa.

Dentro e fuori dalle varie stanze, la signora Sabahat

sembrava un assetato che finalmente trova l'acqua nel deserto, non taceva un attimo, tanto che Celena faticava a tradurre. E sempre senza smettere di parlare, alla fine del giro si mise a preparare il tè. Intanto raccontava della riverniciatura fatta quattro anni prima, della perdita dal tetto che di anni ne aveva sette, delle giunzioni ormai usurate.

- Celena, dille che è ora che ce ne andiamo - fece Magnolia, approfittando di una delle pause che la signora concedeva per la traduzione.

- Lo vedi anche tu, parla in continuazione. Di certo non possiamo alzarci e andare via così, su due piedi, sarebbe scortese. Porta pazienza!

Prima della pausa successiva passò ancora un po' di tempo.

- Noi abbiamo delle cose da sbrigare, se permette... - provò a dire Celena, non lasciandosi sfuggire l'occasione.

- Ah, stavamo così bene, dove dovete andare così all'improvviso? Ma vi aspettiamo per stasera. Mete ha una sorpresa per voi. Venite e lo scoprirete, io non vi dico nulla! Su, ora fatevi una bella passeggiata, andatevene in giro, divertitevi.

Ascoltata la traduzione, Magnolia guardò l'amica, era incuriosita.

- Va bene, signora Sabahat, stasera veniamo - le sorrise Celena.

Uscirono, e, prima ancora che qualcuno glielo chiedesse, la signora cominciò a spiegare ai vicini:

- Sono venute da Atene, la madre e il nonno di questa ragazza sono nati qui. Ah, figlia mia, guarda che bella!

Il vicinato si congratulò come se a farle visita fossero

stati dei parenti. E mentre Magnolia e Celena percorrevano il vicolo, le donne affacciate alle finestre o sedute sulle scale le salutavano. Magnolia non capiva cosa dicevano, ma rispondeva con un sorriso, le sembrava un'accoglienza sincera.

- Che gente calorosa, mi fanno sentire importante. Cosa stanno dicendo?

- Sì, è così. Sono calorosi come noi. In pratica sei una del quartiere. Ci stanno dicendo, anzi, *ti* stanno dicendo "benvenuta".

Tornarono a piedi all'hotel e mangiarono qualcosa. Faceva caldo, quindi rinunciarono a uscire e decisero di fermarsi a riposare. Si svegliarono all'imbrunire e si prepararono. Celena prese una delle bottiglie di *ouzo* che aveva portato da Atene.

- Quando si fa visita a qualcuno per la prima volta è buona usanza portare un regalo. Ho visto che il signor Mete tiene nel salotto una gran quantità di liquori, contribuiamo alla sua collezione.

Imboccarono di nuovo la strada del mattino. Di sera, il vicolo era più movimentato e i suoi abitanti, vedendole arrivare, le accolsero di nuovo con saluti e sorrisi. La signora Sabahat era affacciata alla finestra, ma appena le vide corse giù all'ingresso ad accoglierle.

- Benvenute, accomodatevi - disse lui.

Era un uomo sulla sessantina, piuttosto alto, capelli brizzolati, occhi castani, carnagione scura; portava gli occhiali e parlava lentamente. Trasmetteva un senso di pacata saggezza e in effetti erano in molti, nel quartiere, a rivolgersi a lui per ricevere consigli in caso di difficoltà. Indossava un cardigan grigio fumo, una camicia azzurra e una cravatta bordeaux, ai piedi delle pantofole nere. Diversamente dalla moglie, era un tipo tranquillo e, a giudicare dal numero di libri e di giornali impilati uno sull'altro, amava leggere. Aveva lavorato in un'azienda come capo della contabilità. "Pietra smossa non fa muschio", gli aveva detto il padre quando aveva iniziato a lavorare. Per questo il signor Mete non aveva mai cambiato azienda, non gli era mai passato neppure per la testa di trovarsene un'altra. E dopo la pensione, continuava saltuariamente a fare da consulente alla vecchia società in cambio di un piccolo corrispettivo, "obbligo di lealtà", spiegava.

Le guidò in salotto.

- Chi di voi è la nipote del signor Stavro? - chiese.

Celena indicò Magnolia.

- Ho sempre pensato che un giorno saresti arrivata, e così ho conservato alcune cose che vi appartenevano, come una sorta di affido.

Non capivano a cosa si riferisse.

- Tuo nonno, Stavro il dentista, prima di partire per Atene con la famiglia, aveva delegato un amico, il signor Dimitri, alla vendita della casa. Dicono che dopo aver visto come era stata ridotta, non era nemmeno riuscito a entrarci. Il signor Dimitri, per evitare di venderla a uno sconosciuto, l'aveva proposta alla buonanima di mio padre. Erano amici da anni. Certo, la casa era in pessime condizioni, ma il prezzo non era poi alto, quindi mio padre accettò di comprarla. Avevamo trovato alcune cose scampate all'incendio, e pensando che fossero legate a chissà quali ricordi le abbiamo messe in una scatola, per restituirle ai legittimi proprietari se un giorno fossero tornati. In cantina avevamo trovato anche altre cose, abbiamo conservato tutto, per voi. Ora che siete qui, posso rendervi ciò che vi appartiene.

Il signor Mete le portò nella stanza accanto. Al centro c'era una scatola.

- Vieni, figliola, - disse prendendo la mano di Magnolia - questa è roba tua.

Magnolia era sorpresa. Sollevò il coperchio con una strana emozione, gioia e malinconia che si alternavano, che si rimescolavano di continuo. Erano cose che vedeva per la prima volta, eppure le sentiva sue, non avevano nulla di estraneo. Bambolotti, strumenti da lavoro, un servizio da caffè, calici e soprammobili, due album di foto, un secondo diario della madre, una vecchia radio, qualche penna con inciso il nome del nonno...

Avevano un valore immenso. Prese due forcine e le fissò subito ai capelli. Erano trent'anni che nessuno le usava.

Si alzò e gettò le braccia al collo del signor Mete.

- Grazie! - disse in turco.

Lui si commosse. Si tolse gli occhiali e si asciugò il viso con il fazzoletto che teneva in tasca. La persona che aveva aspettato per tanto tempo alla fine era arrivata, e restituirle quel lascito gli infondeva una grande serenità.

Magnolia si chinò e afferrò il diario.

- Datemi il vostro indirizzo, - propose lui - così vi faccio recapitare tutto in Grecia. - E tornò in salotto con

Celena, lasciando Magnolia da sola nella stanza.

La signora Sabahat non sapeva più cosa mettere in tavola. I piatti, ricolmi di pietanze di ogni tipo, erano così tanti da nascondere la tovaglia. "Come ha fatto a preparare tutto in così poco tempo?", pensò Celena.

- Venite, venite, prego! - esclamò la signora Sabahat. - Dov'è la nostra ragazza? Ah, avanti, sediamoci. Mete, non stare lì impalato, forza, andiamo a tavola. Guardate quante cose buone vi ho preparato, vi leccherete le dita... Non avrete già mangiato, spero.

- Ehi, Sabahat, guarda un po' cos'hai dimenticato - la rimproverò il signor Mete con tono scherzoso.

La povera donna rivolse uno sguardo interrogativo prima alla tavola e poi al marito.

- Il *rakı*, donna! Non hai portato il *rakı*, queste bontà non si possono mangiare senza *rakı*!

Magnolia tornò in salotto.

- Signor Mete, se vuole possiamo bere questo - si intromise Celena tirando fuori dalla borsa la sua bottiglia di *ouzo*.

- Ora beviamo il nostro "latte dei leoni". Il vostro regalo no, gli spetta un posto d'onore nella mia collezione! Ogni volta lo guarderò e lo berrò ricordandomi di voi.

Fu una serata meravigliosa. C'era un legame, tra di loro, come una lunga amicizia. Abitavano lontano, si erano conosciuti solo quella mattina, eppure a unirli c'era quella vecchia casa. "Sì, io sono la ragazza di questa casa", pensava Magnolia.

Si sedette a tavola e tutti insieme cominciarono a mangiare. Il signor Mete aprì il *rakı* e lo versò in ogni bicchiere.

Sollevò il suo e brindò alle sue ospiti:

- Benvenute!

La signora Sabahat riattaccò a parlare a ripetizione e contemporaneamente riempiva i piatti prima ancora che si svuotassero.

- Dovete assolutamente assaggiare questo, i borlotti in umido, poi, li ho preparati con le mie mani. Siete venute fin qui, non posso mandarvi via senza farvi mangiare l'*haydari*! Ah, care, mangiate, prendetene ancora un po'!

Intanto, il marito cercava di stemperare l'entusiasmo della moglie:

- Lasciale stare, donna! Se vogliono ne prendono ancora, sono forse delle estranee? Sono di casa!

I discorsi, così spontanei, così genuini, e il loro modo di fare, le suscitavano un sentimento nuovo. A Magnolia sembrava di essere sempre stata lì. E anche il turco, che non conosceva, le suonava più familiare. Non capiva bene tutto quello che dicevano, ma lo poteva intuire, i loro volti dicevano tutto.

Dopo cena, Celena e Magnolia dissero che era ora di andare.

- Non esiste che vi lasci andare via a quest'ora! - si oppose la signora Sabahat. - Vi ho già preparato la camera dei nostri figli. Dormirete qui e domattina ve ne andrete dopo colazione. Questa è casa tua, figliola, quando si ha una casa a che serve un albergo? Mete, di' qualcosa anche tu, non possiamo farle girare per strada di notte. C'è forse qualcuno che vi aspetta in albergo? Sei arrivata fin qui, adesso puoi stare a casa tua, ecco!

L'invito la sorprese, ma la rese anche immensamente felice:

- Davvero possiamo restare?

- Certo, - intervenne il signor Mete - come abbiamo detto questa è casa tua, figliola, puoi restare non solo stanotte ma tutto il tempo che vuoi. Quando verrai a Istanbul, d'ora in poi potrai stare qui!

La signora Sabahat le condusse nella loro camera. Era evidente che aveva preventivato tutto. I letti erano pronti, le lenzuola pulite e sistemate.

Magnolia si sentiva allegra per effetto del *rakı*, era un'ebbrezza molto piacevole. Pensava a sua madre, la vedeva vicina. In ogni angolo di quella casa, più che altrove, avvertiva la sua presenza, il suo profumo. Correva su per le scale e la raggiungeva in camera per immergersi nei suoi sogni. Era forse in quella stanza che Elefteria pensava all'uomo che amava? Era da lì che scendeva al piano di sotto, in salotto, dove il nonno la chiamava per mangiare insieme la cena preparata dalla nonna? Filetto, *sarma*, *tarama*, *cacık* e *revani* al limone, oppure dolce di semolino alla mastica. E se sua madre non se ne fosse mai andata? Forse Magnolia sarebbe cresciuta lì, e per un attimo le sembrò che fosse andata proprio così.

Anche Celena era un po' allegra, ma per non dispiacere la sua amica aveva acconsentito a tradurre il diario di Elefteria. Iniziò dalle pagine in cui si raccontava di quando il padre di Magnolia le aveva dichiarato il suo amore.

"Mi sono sempre chiesta se anche io gli piacessi, e oggi finalmente me l'ha detto. Dio mio, come sono felice... Quanto ho desiderato che mi si avvicinasse, la mattina andando a scuola, ma non lo faceva mai, mi salutava soltanto, passandomi accanto, oppure mi seguiva a distanza. Stamattina però è venuto e mi ha detto che aveva qualcosa da dirmi. Avanti, parla, pensavo io a ogni passo, ma proprio quando stava per succedere o taceva o cambiava discorso. Che me ne importa della bottega, della facciata dell'ospedale che è stata riverniciata?, avrei voluto dirgli. Che dovevo fare?! Doveva essere molto emozionato. Ma arrivati al portone della scuola me l'ha detto, mi ha detto ti amo. Il cuore mi batteva all'impazzata... Mio Dio, è stato così bello. Oggi non sono riuscita ad ascoltare la lezione, penso sempre a te... Anche io ti amo tanto, ma non te lo dirò, anche tu dovrai aspettare!"

Magnolia sorrise al pensiero che sua madre facesse la preziosa con l'uomo che avrebbe amato per tutta la vita. E con quei racconti in sottofondo, chiuse gli occhi e sprofondò in un dolce sonno.

Il mattino dopo si svegliò felice, era bello ritrovarsi nella casa di sua madre. E chi poteva immaginarlo. Al piano di sotto le aspettava una squisita colazione: formaggio vaccino, pecorino, le marmellate di cui la signora Sabahat spiegava una per una la storia, affermando di averle preparate con le sue mani... E mentre lei parlava il marito la rimproverava bonariamente:

- Va bene, donna, basta, lasciale in pace!

Ma nemmeno due minuti e lei riattaccava:

- Ah, non avete mangiato niente, prendete un altro po' di formaggio, altrimenti giuro che mi offendo! - e riempiva di nuovo i piatti.

Erano due persone deliziose.

La signora Sabahat, che non sapeva più come trattenere le lacrime, continuò a ripetere la stessa domanda finché non furono sul portone di casa:

- Tornerete ancora, vero?

Era un po' come se se ne andassero due figlie, quel legame appena nato era così sincero, e forte. E un affetto così grande non poteva lasciare indifferenti neanche Magnolia e Celena. Anche a loro dispiaceva separarsi.

Non se l'aspettavano, una serata come quella, delle persone così genuine da piangere al momento di salutarsi.

- Sì! - le rispondeva Magnolia. E sapeva che quel vicolo, quella casa, le sarebbero mancati fino al suo ritorno.

Rientrarono in albergo. Magnolia prese il diario di sua madre e si sedette sulla poltrona.

- Che facciamo? - le chiese Celena.

- Oggi non ho voglia di fare niente. Ti va di leggermelo ancora?

- Non è per questo che hai voluto che venissi con te? - le sorrise, la capiva. - Per starti accanto, sostenerti e all'occorrenza aiutarti... - E ricominciò a leggere.

Di nuovo suo padre. C'era la stessa fiaba che Elefteria aveva raccontato a Magnolia tante volte. "Io sono solo tua, amo soltanto te, le ore che ci separano mi sembrano anni", era questa l'ultima frase che aveva scritto. I genitori di Magnolia si erano amati così, di un amore a distanza che aveva trasformato le ore in giorni, in anni. E quella frase segnava l'inizio di una separazione che non avrebbe conosciuto fine.

Celena intuì che l'amica aveva bisogno di stare da sola, a fantasticare su quelle parole.

- Voglio tornare alla scuola. Poi farò un po' di acquisti - e uscì.

Tornò che era ormai sera, e tutta emozionata costrinse Magnolia ad alzarsi:

- Ho trovato un posto bellissimo, è sul Bosforo, in riva al mare. È di un mio vecchio compagno di scuola. Avanti, preparati!

Salirono su un taxi e raggiunsero il ristorante, ad Arnavutköy. Aveva i tavoli proprio attaccati al mare, alle acque blu dello stretto. Di fronte, la magnifica torre di Leandro, le colline, le foreste. A destra, il ponte sul Bosforo sembrava una collana che pendeva in mezzo a due continenti. Esattamente come diceva la canzone: *Un filo di perle*[6]. Un panorama senza pari, di una bellezza da far girare la testa, e ancor più di sera, quando le luci della sponda opposta si riflettono sull'acqua. Era usanza salutare le barche, e così si faceva a bordo con chi si trovava sulla riva. Anche loro rispettarono la tradizione, facendo un cenno con la mano a una barca che passava.

- Quanto avevano ragione i nostri genitori, come si fa a non avere nostalgia di questa città! Quanto è bella! - disse Magnolia, come incantata.

- Bere sul Bosforo, anche per me è la prima volta. Siamo uguali - e sorrise.

6 Titolo di una canzone scritta nel 1973 in occasione dell'apertura del ponte. L'allusione è data dal doppio significato della parola *boğaz*, che vuol dire sia Bosforo che "gola".

Il mare, il pesce, il *rakı*, si stavano godendo tutto questo...

- Stai pensando a domani? - chiese a un certo punto Celena, vedendo l'amica assorta nei suoi pensieri.

- Sì - rispose.

- Se non sei sicura... Se vuoi, torniamo ad Atene.

- Non lo so, quando ero ad Atene ero sicura di volerlo, ora che sono qui mi sento confusa. Sono felice, la fiaba che ascoltavo da bambina è diventata realtà, vedere dove hanno vissuto mia madre, mia nonna, mio nonno è una sensazione indescrivibile. E chi meglio di te può capirmi, Celena? Fino ad ora è stato tutto bellissimo. Ma domani, domani sarà diverso. Non so come sarà, non riesco a immaginarlo. Ho paura, Celena, di domani ho paura... Per un attimo mi sono detta, va bene così, Magnolia, goditi Istanbul ancora per qualche giorno e poi tornatene ad Atene. Ma poi una voce dentro di me mi dice no, resta, accada quel che accada. Cos'ho da perdere? Non ho mai lasciato niente a metà, nella mia vita, non voglio farlo neanche adesso.

- Io sono qui, accanto a te, qualsiasi cosa succeda. Forza, viviamoci questo momento, al resto ci penseremo domani... - le disse Celena sollevando il bicchiere.

- A Istanbul.

12
Un nuovo giorno

- Su, alzati, preparati e facciamo colazione - la esortò Celena.

La sera prima avevano bevuto troppo, di nuovo, e Magnolia era andata a letto vestita.

- Questo *rakı* è buono, però mi fa un brutto effetto! - riuscì a rispondere a malapena.

- Eheheh, è che ne hai bevuto tanto! - replicò l'amica ridendo.

Andarono insieme al ristorante dell'albergo per fare colazione. Magnolia tirò fuori il biglietto con l'indirizzo che le aveva dato Nikolai ad Atene.

- Beşiktaş è vicino, in taxi ci vorranno dieci minuti. Poi lì chiederemo indicazioni - disse Celena.

Si erano fatte le dieci. Uscirono dall'albergo e salirono su uno dei taxi in sosta davanti all'ingresso.

- A Beşiktaş dove, di preciso? - chiese l'autista.

Celena gli lesse l'indirizzo che teneva in mano.

- Va bene - e partì.

Magnolia rimase in silenzio per tutto il tragitto, lo sguardo fisso, ma su niente in particolare.

Quando arrivarono, il tassista si fermò a un angolo.

- Ecco, dovete prendere questa strada e procedere per un altro tratto.

Pagarono, scesero dall'auto e cominciarono a camminare.

- Siamo arrivate, il negozio è questo! - disse Celena dopo un centinaio di metri.

Magnolia si fermò. Non riusciva più a muovere un passo.

- Se vuoi... - fece per dire l'amica, ma prima ancora che finisse, Magnolia si era già decisa.

- Forza, andiamo!

Entrarono dal fioraio. Un ragazzo seduto a un tavolino si alzò in piedi per accoglierle.

- Prego, come posso aiutarvi? - domandò affabile.

- Salve, noi veniamo da Atene, cerchiamo il signor Celal - rispose Celena.

Fece segno di accomodarsi:

- Benvenute, io sono il figlio. Mio padre non c'è, ma sedetevi, per favore.

Presero posto sulle sedie all'altro lato del tavolino.

- Cosa posso offrirvi?

- Berremmo volentieri qualcosa di fresco, grazie.

E il ragazzo diede subito una voce sul retro:

- Portaci due succhi di frutta e un tè.

Celena parlò con Magnolia e poi si rivolse di nuovo a lui:

- Quando arriva suo padre? Possiamo anche tornare più tardi.

- Mio padre non viene spesso in negozio, adesso è a

casa. Lo chiamo subito! - disse, e sollevando la cornetta del telefono compose il numero.

- Pronto, papà, sono Cemal. Ci sono qui due signore venute da Atene, cercano te... Va bene, ora chiedo. Vuole sapere chi siete.

- Lei è la nipote di Stavro il dentista, Magnolia, la figlia di Elefteria. Io sono una sua amica...

Cemal tornò dal padre.

- D'accordo, papà. Va bene, arriviamo... Va bene, ciao - e riagganciò.

Magnolia cercava di capire. Celena spiegò la situazione e intanto arrivarono i succhi di frutta e il tè.

- Prego, prima beviamo - disse il ragazzo sorridendo.

Poi, andarono insieme verso la sua auto.

- Riceviamo spesso ospiti da Atene. C'è Nikolai *abi*, per esempio, che è molto affezionato a mio padre, è venuto diverse volte a stare a casa nostra. Anche noi gli vogliamo un gran bene.

- È stato proprio lui a darci il vostro indirizzo.

Magnolia continuava a osservare la strada in silenzio.

Carnagione scura, altezza media, il viso ridente. Cemal, un tipo molto loquace, non faceva che raccontare:

- Casa nostra è a Yeniköy. In realtà non è molto distante, ma per via del traffico ci metteremo un po'. In effetti, avremmo potuto prendere anche l'altra strada... Ma il lungomare è più bello, se vi piace il mare, se non vi secca... Mio padre è da un pezzo che ha smesso di venire in negozio. In verità ha lasciato l'attività a me e a mio fratello, che però vuole studiare, quindi si può dire che gestisco tutto io. Ora mio padre si dedica solo al giardinaggio. Di tanto in tanto viene in bottega, si lamenta di come vanno le cose e poi se ne va. So che lo dice per il nostro bene, ai suoi tempi bastava ci fosse un po' di sporcizia a terra e il suo capo gli faceva pulire ovunque... Il capo di mio padre era greco, i suoi figli stanno ad Atene. Di tanto in tanto anche loro vengono a trovarci...

Intanto Celena continuava a tradurre.

- Ha anche una sorella, vero? - chiese Magnolia, e Celena tradusse.

- Sì, è la più piccola. Anche lei studia, ma ora è vacanza ed è a casa.

Lasciarono il viale principale e imboccarono una via laterale. Dopo una ripida salita, la strada tornò in piano.

- Ah, eccoci arrivati - disse Cemal, e parcheggiò proprio davanti casa. Era un edificio in legno, dipinto di bianco, e su due piani. Dietro un muretto con la ringhiera bianca in ferro, si intravedeva il giardino. Era bellissimo, pieno di fiori di ogni colore. Ortensie lungo il confine; rose bianche, rosa e rosse ai lati del cancello; violette nello slargo centrale; belle di notte a destra e a sinistra del vialetto, che era tutto ben ricoperto di ghiaia e conduceva all'ingresso della casa; garofani nei vasi accanto alla porta; gerani sui davanzali delle finestre...

Cemal sorrise:

- Questo giardino è il giocattolo di mio padre. E non avete ancora visto niente, la parte migliore, sia per i fiori che per il panorama, è quella sul retro, da lì si vede lo stretto.

Suonò il campanello e venne ad aprire una ragazza

bionda molto bella.

- Benvenute, prego - disse lei, e le accompagnò in salotto.

Dalla finestra Magnolia riuscì a intravedere il Bosforo, sul volto un sorriso titubante.

- Di nuovo benvenute, io sono Dilek - riprese lei.

Fu facile capirsi, parlava in inglese. Si presentarono e presero posto sul divanetto davanti alla finestra.

- Vado a chiamare mio padre e mio fratello, torno subito - le avvisò, e uscì.

Qualche minuto e il signor Celal, Dilek e Kemal, il figlio maggiore, entrarono in salotto.

Di statura media, occhi verdi, il signor Celal sembrava più giovane e vigoroso della sua età. Portava i capelli pettinati all'indietro, come gli attori dei film di quando era giovane. Era uno di quegli uomini che non cambiano mai abitudini, e che tuttavia sanno adattarsi a ogni epoca. Da ragazzo, era un ammiratore di Raj Kapoor, ma diversamente da lui non aveva i baffi. Si radeva ogni mattina subito dopo alzato, una consuetudine che non aveva abbandonato neppure con la pensione. "Papà, perché ti radi la domenica? Tanto sei a casa!", gli aveva detto una volta Kemal. E lui aveva replicato: "Figliolo, durante la settimana mi rado per andare al lavoro, nel fine settimana lo faccio per amore di mia moglie." Il signor Celal indossava pantaloni e maglietta bianchi. Sempre così in ordine e ben curato, si era guadagnato il titolo di "gentiluomo di Istanbul".

- *Kalosorisma*, benvenute. - Le accolse con un sorriso e una stretta di mano. Aveva una voce rassicurante.

Celena si apprestò a fare le presentazioni, ma lui la fermò. Guardò prima lei, poi Magnolia. Le si si avvicinò per prenderle il volto tra le mani:

- E quindi sei tu la figlia di Elefteria, sei il ritratto di tua madre.

Dopo la traduzione, Magnolia rispose ricorrendo alle poche parole che conosceva:

- Il mio *name* è Magnolia, *bentruvati*.

- Di nuovo benvenute, accomodatevi - ripeté il signor Celal con un sorriso che si allargava sempre di più sul viso, e le fece sedere. - Avete fatto proprio bene a venire, sono molto felice. Quando vengono a trovarmi i miei vecchi amici, quando ricevo loro notizie, mi sembra di tornare giovane. Come sta Stavro *amca*? Tua nonna, tua madre, come stanno, figliola? Da quanto tempo non abbiamo più saputo niente, di loro.

- È da tanto che i nonni se ne sono andati.

- Che Dio li abbia in gloria, erano brave persone. Quando li ho conosciuti ero solo un bambino. Alloggiavo nella pensione di fronte casa loro, sono sempre stati buoni con me, non li ho mai dimenticati. E tua madre, invece? Come sta Elefteria, sta bene?

- Mamma ci ha lasciati il mese scorso - e le si dipinse sul viso la stessa tristezza del giorno che le aveva detto addio al Primo cimitero.

- Dio l'abbia in gloria - disse il signor Celal chinando il capo, incupito.

Era calato un silenzio profondo, tutti tacevano. Fu Kemal a intervenire per primo:

- Si è fatta ora di pranzo, le nostre ospiti saranno affamate. Che ne dici, papà, mangiamo qualcosa?

- Certo, certo, ero sovrappensiero. Guarda, mi sono pure dimenticato di chiederlo! Su, Dilek, figliola, datti da fare, mangeremo in giardino, i tuoi fratelli ti daranno una mano.

Insieme, uscirono nel giardino sul retro. Il panorama che si spiegava lì davanti lasciava senza parole. Subito di fronte si profilava il pino della casa di sotto, a destra le barche ormeggiate nella baia di İstiniye, in alto il bosco, più su altre case che, disseminate sulle colline, sembravano minuscole. E poi gli *yalı*, che costeggiavano la riva di Yeniköy e di cui si vedevano i tetti... Era come un dipinto. Sulla sponda opposta del Bosforo ancora colline verdeggianti, ancora *yalı* che si innalzavano a pelo dell'acqua, automobili sul lungomare e case all'ombra degli alberi... Il Kundura Fabrikası di Beykoz, proprio di fronte a Yeniköy; a sinistra, invece, Kireçburnu e lo sbocco nel mar Nero. Alberi e colline verdi ai due lati, il mare turchino al centro. Una natura meravigliosa che segnava il confine tra Asia e Europa.

Tutti insieme presero posto a tavola, nella parte in ombra del giardino. Nonostante fosse una calda giornata d'agosto, lì sotto tirava un'aria fresca. Durante il pranzo il signor Celal si mise a raccontare dei tempi andati, dei giorni trascorsi alla pensione di Madame Agate, delle uova variopinte che la nonna di Magnolia preparava per Pasqua.

- Mi ricordo di quando la madre di Stavro *amca*, la tua bisnonna, è caduta dalle scale di casa vostra. All'epoca non c'erano i telefoni, io me ne stavo seduto sulle scale proprio lì di fronte, mentre Elefteria giocava in strada. Siamo subito corsi, povera donna, abbiamo provato a farla rialzare, ma niente. Io sono andato a chiamare un medico amico di tuo nonno nel vicolo di fianco. Alla fine l'hanno portata in ospedale. Quanto ha pianto tua madre!

- Che bei giorni ho trascorso in quel vicolo, e con tutto il vicinato - continuò dopo mangiato, sorseggiando il suo *rakı*. - Oggi sono emigrati quasi tutti, chissà adesso dove sono i miei amici, i loro figli...

Lui raccontava e tutti ascoltavano in silenzio. Poi si lasciò andare ai pensieri, ai ricordi: allora Beyoğlu era completamente diversa, si respirava un profumo dolce; le vie, belle e pulite, erano abitate da persone altrettanto belle. Le porte delle botteghe erano sempre aperte, nessuno che parlava male di nessuno, nessuno che non portava la cravatta. Persino il sapore della birra al Çicek Pasajı era più buono. Alla fine della settimana, quando arrivava la paga, era lì che si andava a bere il *rakı*, ad ascoltare la fisarmonica di Madame Anahit. Le musiche del passato non avevano niente a che vedere con quelle di oggi.

Poi tutto era cambiato... Chi se ne era andato di propria iniziativa, come Stavro il dentista, che in una notte aveva perso ogni cosa e aveva venduto quel poco che gli era rimasto per andarsene lontano. E chi era stato cacciato, nel 1964. Il signor Celal aveva un amico, Koço; gli tornò in mente il momento in cui lo aveva salutato alla stazione di Sirkeci, mentre saliva sul treno insieme a Madame Ester, la madre vedova. "Ah, la mia patria, non voglio andarmene, a costo di morire! Non posso abbandonare la mia terra, la tomba di mio marito", piangeva lei, ma come gli altri non aveva altra scelta. Celal, la madre di Koço la chiamava *mamiko*, mamma. Per il resto della sua vita non avrebbe mai più mangiato un'insalata di gamberetti buona come la sua. Gli venne in mente anche il signor Yorgo, l'orefice a cui avevano saccheggiato la bottega. Non riuscendo più a pagare i debiti, il signor Yorgo aveva dovuto vendere la casa. Poi si era dato all'alcol e una notte di febbraio, non essendo in condizioni di tornare alla pensione in cui alloggiava, si era addormentato per strada. Il giorno dopo i vicini l'avevano trovato congelato nella neve. Al suo funerale c'erano gli artigiani a cui faceva da facchino e i vicini del quartiere, sia turchi che greci.

- Comincia a battere il sole qui, è meglio se ci spostiamo in salotto. Spostiamoci lì a bere il caffè - disse infine il signor Celal, cercando di sottrarsi ai suoi pensieri.

Rientrarono in casa e subito arrivarono i caffè.

- Avete fatto proprio bene a venire, figliola - disse a Magnolia, continuando a sorriderle.

Magnolia si fece coraggio e approfittò dell'istante di silenzio che seguì, convinta che se avesse aspettato ancora avrebbe finito col rinunciare. Tirò fuori la busta che teneva nella borsa.

- Quando mia madre è morta, ho trovato questa.

Il signor Celal la prese e tirò fuori i fogli. Inforcò gli occhiali dalla spessa montatura nera che erano sul tavolo, si sedette sulla poltrona e cominciò a leggere. Poi, sempre con i fogli in mano, si rialzò e uscì sul balcone. La lettera lo aveva turbato. tanto che quando Kemal provò ad avvicinarsi, lui gli fece cenno di sedersi e aspettare.

- Che succede? - chiese Dilek al fratello, sottovoce.

- Non lo so, aspettiamo un attimo - rispose Kemal scuotendo il capo.

- Che c'è scritto? - sussurrò Cemal a Celena.

- Un po' di pazienza, per favore, solo un po' di pazienza - rispose lei, con un filo di imbarazzo. Cercò la mano di Magnolia, che con le labbra serrate e le dita che stringevano le ginocchia se ne stava lì a fissare un punto nel vuoto. Si sforzava, ma non riusciva a trattenere le lacrime.

- Sta bene? Vuole che le porti dell'acqua? - domandò Dilek, che senza neanche aspettare uscì e subito tornò in salotto con un bicchiere in mano.

- Datemi una sigaretta - ordinò all'improvviso il signor Celal dal balcone.

- Papà, è da due anni che hai smesso, quale sigaretta? - intervenne Kemal.

- Figliolo, dammi una sigaretta e non fare domande.

Kemal tirò fuori il pacchetto dalla tasca e glielo passò. Lui ne prese una e la portò alle labbra, facendo cenno di volere qualcosa con cui accenderla.

Kemal obbedì.

- Papà, stai bene?

- Lasciami il pacchetto e torna dentro.

- Ma come? - fece per ribattere lui, ma il padre lo zittì.

- Avanti, figliolo, non farla lunga, lascia quel pacchetto - quindi si voltò e si mise a guardare fuori.

- Allora, che c'è scritto? - insistette Kemal, preoccupato, rivolgendosi a Celena. - Per favore, me lo dica. Anche noi abbiamo il diritto di sapere...

- Sì, certo, ma vi prego, solo un attimo, vi prego!

Magnolia invece non riusciva a dire niente, le labbra serrate.

Intanto il signor Celal restava sul balcone con gli occhi fissi all'orizzonte. Si accese un'altra sigaretta, poi un'altra ancora. Non era davvero lì. Con la mente era tornato a quel giorno del settembre 1955, a quei "fatti". Si era sempre sforzato di dimenticare, ma come poteva. E se non fossero mai accaduti? Che vita avrebbe avuto? Erano domande che lo avevano sempre assillato, e ogni anno, in quei giorni, l'inquietudine veniva a tormentarlo, il *rakı* la sua unica consolazione. Ogni volta avrebbe voluto urlare, malediceva quei disgraziati, che l'avevano scampata, e ripensava ai vicini che invece avevano perso la vita, ai loro volti. Erano come pedine senza valore, sacrificate senza pietà.

Vi è mai capitato di pensare alla vostra vita, mentre procede senza intoppi? Una vita così come la volete voi, senza pensieri; una vita in cui, anche se vi sforzate, problemi non riuscite a trovarne. In una parola, vi è mai capitato di essere felici? Quando avete tutto sotto controllo e neanche vi sfiora che possa succedervi qualcosa. Eppure, poi qualcosa succede sempre, qualcosa che con voi non ha nulla a che fare, di completamente inaspettato, che vi travolge e vi toglie ciò che è sempre stato vostro. Ecco, quello è il momento del rimpianto, il momento in cui di fronte al vuoto che avvertite dentro vi convincete che se solo si potesse tornare indietro, allora tutto avrebbe seguito un altro corso.

Anche il signor Celal se lo chiedeva, se lo chiedeva dal

1955 come sarebbe stata la sua vita se quei due giorni non ci fossero mai stati. Ma quel pomeriggio, per la prima volta, si sentiva diverso, sentiva di poterli ricordare libero, finalmente, dal rammarico di non poter fare nulla per cambiarli.

13

Çiçek Pasajı
Lunedì 5 settembre 1955

Beyoğlu aveva la sua consueta vita notturna. Al Çiçek Pasajı Madame Anahit suonava la fisarmonica, le conversazioni degli avventori si mescolavano, i bicchieri si levavano alla salute e alla felicità. Mentre i più anziani preferivano il *rakı*, i giovani dimenticavano i problemi quotidiani con birra e arachidi salate. Celal, Hayri e Sedat a Beyoğlu ci passavano quasi tutte le sere, prima al cinema e poi a bersi quella birra dal sapore ineguagliabile. Almeno una volta alla settimana andavano a vedere *Il vagabondo*, la pellicola dell'anno. Sulla via del ritorno imitavano Raj Kapoor – altro che James Dean o Gary Cooper – e canticchiavano la colonna sonora del film che all'epoca era sulla bocca di tutti, grandi e piccoli.

Anche quella sera, dopo un film d'amore, si erano seduti al Çiçek Pasajı.

- Signori! - sbottò Hayri. - La situazione nel paese è critica! Le cose si stanno complicando, a breve ne accadranno di brutte, molto brutte! Se ne parla da mesi, lo scrivono i giornali, lo dicono persino alcuni professori all'università. Crisi economica, politica estera piena di errori. La pentola bolle e tra un po' esploderà. Ieri, a Taksim, i membri dell'Associazione "Cipro è turca"[7] hanno dato fuoco ai giornali greci, hanno distribuito tra gli studenti circa ventimila volantini con i loro slogan.

- Amico mio, - si arrabbiò Celal - ma cosa vuoi che esploda? Ogni mese, puntuale come un orologio, tuo padre ti manda i soldi che ti servono, neanche avessi uno stipendio. D'estate te ne torni a casa a non fare niente, tanto diventerai un avvocato. Ti apriranno uno studio nella via principale del paese, sulla porta metteranno una bella targa con su scritto il tuo nome e diventerai uno degli uomini più in vista. Al contrario di noi, tu hai la barca all'asciutto! E invece hai sempre il pepe al culo, non fai altro che sparlare in giro di Menderes[8], ti lamenti che non c'è libertà, che c'è la repressione... Cosa pensi di ricavare, affannandoti coi problemi del governo? Vai e pensa a spassartela con le tue compagne di corso, con i tuoi amici! La gente ha fame e io, tu, cosa possiamo farci? Ognuno pensi a lavorare e a sfamarsi!

Hayri sapeva che Celal non la pensava come lui, ma non gliene importava. Gli bastava sapere che era dalla sua parte almeno quando il prezzo delle sigarette aumentava. "Un giorno mi daranno ragione", si convinceva.

- E allora, che succederà quando la pentola scoppierà?

7 Associazione fondata nel 1954 su iniziativa di alcuni giornalisti e studenti universitari allo scopo di sostenere l'annessione dell'isola alla Turchia e fare propaganda sulla questione cipriota.
8 Adnan Menderes, leader del Partito Democratico e primo ministro nel decennio 1950-1960.

Ci ritroveremo tutti bagnati? - scherzò Sedat.

Hayri si era fatto serio, piegò la testa in avanti fino alle ginocchia e dopo un tiro di sigaretta continuò:

- Ti dico che accadranno cose brutte e proprio qui, a Istanbul. L'Associazione "Cipro è turca" rilascia ogni giorno dichiarazioni per istigare la gente. Le relazioni amichevoli che da anni intrattenevamo con la Grecia sono finite. Il Partito Democratico ha perso la testa, arresta chiunque gli si opponga. Il paese si sta spaccando su più fronti.

- Dici che arrestano tutti gli oppositori, eppure tu non fai altro che criticare e lamentarti dei democratici tutte le sere, ma nessuno ti ha ancora sbattuto dentro. E per di più continui a ripetere che non c'è libertà, come la mettiamo? - insistette Sedat.

- Io sono solo uno studente. Se fossi un giornalista o uno scrittore passerei la vita tra commissariati, tribunali e carceri. Quando dico che ogni giorno arrestano qualcuno intendo che stanno zittendo uno ad uno tutti gli uomini che fanno sentire la loro voce, che sono in grado di risvegliare le coscienze. "Non c'è democrazia con il monopartitismo", così dicevano, ma mi pare che la democrazia se la siano persa per strada. "Quelli che non stanno dalla nostra parte sono comunisti, disfattisti, infedeli", è questo quello che vanno blaterando oggi.

- Va bene, sarai pure un comunista o chi altro, però qualche cosa giusta la dici! Avevamo un cliente, un medico molto rinomato. Pare che avesse partecipato a una riunione in cui ha criticato il governo. L'hanno prelevato una mattina, pover'uomo, ed è tornato a casa dopo dieci giorni in condizioni pietose - raccontò Celal a sostegno delle parole dell'amico.

-I miei professori - aggiunse Hayri - dicono che i rapporti con la Grecia sono peggiorati e che a pagarne le conseguenze saranno soprattutto i greci che vivono in Turchia. Sappiamo quello che sta accadendo ai turchi di Cipro, e conosco molti uomini, gente istruita per di più, disposti a dare la vita per rifarsi sui greci di Istanbul. Sostengono che dovremmo perseguitare i greci come i sostenitori dell'*Enosis*[9] stanno facendo con i turchi di Cipro. Hanno perso la testa, soprattutto negli ultimi giorni. Io ho paura. Dobbiamo badare a Madame e dire alla gente del quartiere di fare attenzione, di non discutere con nessuno. Non sia mai che capiti qualcosa ai nostri vicini.

Sedat e Celal si convinsero. Amavano Andre *Usta* e Madame Agate come fossero un padre e una madre, che fossero greci non aveva alcuna importanza. Quando da piccoli erano arrivati in città, lei si era presa cura di loro più di chiunque altro, li aveva trattati da sempre come figli suoi. Capitava, se andava al mercato, che comprasse calze e camicie anche per loro, non accettando mai niente in cambio. E quando, furiosa, scopriva che infilavano di nascosto i soldi in un barattolo della cucina, li sentiva ribattere: "Volevamo fare un regalo ai nostri fratelli, ma non sapevamo cosa comprare, così abbiamo pensato di lasciare i soldi a te."

9 In greco "unione", termine con cui ci si riferisce all'unificazione di Cipro alla Grecia quale obiettivo politico principale delle organizzazioni paramilitari greco-cipriote, che durante gli anni Cinquanta si sono battute per liberare l'isola dal dominio coloniale britannico.

- Va bene - disse infine Celal. - E questi tuoi professori, per caso te l'hanno detto quando la pentola esploderà?

- Dicono che può succedere da un momento all'altro. Sono molto preoccupati, ma mica sono dei veggenti.

- E se non succede niente, che pensano di fare? Di starsene sempre all'erta ad aspettare? Allora sai che facciamo, Hayri? Brindiamo ai tuoi professori... - intervenne Sedat, e ripresero a sorseggiare.

La cosa finì lì. Chiacchierarono del più e del meno fino a mezzanotte, quando s'incamminarono verso Çukurcuma per tornare alla pensione, imboccando il vicolo accanto al liceo di Galatasaray.

14

Martedì 6 settembre 1955

Era passata la mezzanotte, le vie erano deserte. Hayri si fermò, qualcosa aveva attirato la sua attenzione. Non capì subito cosa fosse, ma bastò a farlo insospettire. Su alcuni palazzi, all'ingresso e ai lati dei negozi, c'erano scritte delle lettere, NMG, NM, PT. Cosa significavano?

Passò la mano su una porta, la vernice era ancora fresca.

- Guardate, l'hanno appena fatto. Ma perché? - si chiese.

Non capivano, ma non ci volle molto che Hayri, una risposta, la trovò da solo:

- Stanno segnando le case, i negozi. Qui vivono dei greci, questa è la sartoria di un greco, mentre quella bottega è proprietà di un turco.

Era da non crederci. Arrivarono fino al loro vicolo.

- Proprio così, qui abitano dei greci e la casa è segnata. Quest'altra è di un turco e non ci sono segni. Questa è di nuovo di un greco… - confermò Sedat.

Celal notò che erano state marchiate anche la pensione di Madame Agate e la casa di Stavro il dentista. Chi era stato? Perché? Come facevano a sapere di chi erano? Di certo non si poteva stare a guardare.

- Dobbiamo svegliare tutti - disse Celal.

- Così la gente andrà nel panico - si oppose Hayri. - E se svegliamo tutti attiriamo l'attenzione anche di chi ha fatto i segni. La faccenda va sistemata in silenzio, li avvertiamo domattina. Ora ci servono secchio, sapone e straccio...

Sedat trovò subito un secchio e andò in cucina per recuperare il sapone.

- Diamoci da fare, - li esortò Hayri - cancelliamoli prima che la vernice si asciughi, muoviamoci!

L'ingresso della pensione era in marmo e la vernice venne via facilmente. Celal, intanto, toglieva quella sulla casa di Stavro. Passò poi alla bottega di Andon il droghiere, alla rigatteria di Yorgo... Dovevano ripulire tutto, passare in rassegna l'intera strada, ma nonostante gli sforzi alcuni segni non se ne andavano, la vernice era penetrata nello stucco.

- Quante più ne puliamo, tanto meglio!

Verso le quattro cominciarono a sentire delle voci. Un manipolo di dieci, quindici persone si era radunato sotto il lampione nella parte bassa del vicolo. Uno di loro teneva un foglio in mano e sembrava dare istruzioni. Si distingueva dagli altri, era più anziano e con un borsalino in testa. Doveva essere il capo. L'uomo divise il manipolo in gruppi da tre e quattro:

- Tu passa di qua, tu vai con lui... - Indicò qualcosa e diede a ciascun gruppo un foglio.

- Dio non voglia che entrino nel nostro vicolo - bisbigliò Hayri.

Era chiaro cosa stavano facendo. I tre amici pregarono perché non vedessero che i segni erano stati cancellati. Per fortuna i vari gruppi, secchi e scope alla mano, proseguirono in un'altra via. Hayri, Sedat e Celal tirarono un sospiro di sollievo e rientrarono alla pensione. Salirono in camera, si stesero sul letto e crollarono dal sonno.

Alle sei e mezzo Celal si era già alzato e vestito, e svegliò Sedat:

- È ora di andare.

Anche Hayri era già sveglio, pur non avendo esami o lezioni. Scesero tutti e tre di sotto, dovevano parlare con Madame Agate e gli altri abitanti del vicolo. Madame Agate era già in piedi da un pezzo, stava preparando la colazione. Quando si sedettero a tavola, le bastò uno sguardo per capire, dall'aria che avevano, che qualcosa li turbava.

- Che è successo ai miei giovanotti? Avete certe facce!

Si scambiarono qualche occhiata, poi Hayri si mise a raccontare. Riportò, fin nei minimi dettagli, tutto quello che avevano visto la notte prima, si raccomandò di avvertire i vicini, che non mandassero i figli a scuola, di chiudere le porte a chiave e di non mettere piede fuori casa. Disse poi che bisognava esporre una bandiera turca, in un qualche punto ben visibile.

- E perché? - gli chiesero.

- Penserebbero che qui vivono dei turchi, non ci farebbero niente. Non lo so, mi è venuto in mente così! È solo una precauzione, altre idee non ne trovo, ma se voi ne avete dite pure.

- Le finestre al piano terra sono protette dalle grate, la porta d'ingresso è in ferro, ma chiudila comunque a chiave - dissero a Madame.

- Madame, ti prego, non tralasciare nessuno, avverti tutti - aggiunse Celal.

- Non preoccuparti, tesoro mio, lo dirò a tutti, state tranquilli. Ora su, andate. Buon lavoro, e fate buoni affari, oggi!

Sulla strada per la bottega, alcune scritte che avevano cercato di cancellare si vedevano ancora. Celal tornò indietro di corsa, bisognava avvertire Madame di parlare subito con i vicini, e le scritte, poi, bisognava cancellarle completamente. Per tutto il giorno non avrebbe pensato ad altro, se lo sentiva. A dirla tutta, in bottega avrebbe fatto a meno di andarci, ma c'era tanto da fare ed era appena diventato commesso, saltare il lavoro non se lo poteva permettere.

- Sto pensando alla stessa cosa... - commentò Sedat.

Si scambiarono uno sguardo d'intesa. Di Andre *Usta* avevano sempre avuto un certo timore, avevano paura di tradire la sua fiducia, ma gli erano anche molto affezionati. Il giorno in cui erano stati promossi a commessi, lui li aveva portati al Çiçek Pasajı a bere insieme. E ogni mattina, prima gli apprendisti e poi i commessi, dovevano presentarsi in bottega in anticipo per preparare la colazione. Doveva essere pronta prima dell'arrivo di Andre *Usta*, alle otto in punto. Che tu fossi affamato o già sazio non aveva alcuna importanza, dovevi sederti a quella tavola.

Arrivati al negozio, a Teşvikiye, trovarono i due apprendisti intenti a fare pulizie. Avevano tolto i fiori appassiti dalle vetrine e avevano cambiato l'acqua nei vasi. Sedat ne spedì uno a comprare il pane fresco dal fornaio, il formaggio vaccino, le olive e il pecorino in drogheria, i cetrioli e i pomodori all'ortofrutta. Intanto Celal mise sul fornello l'acqua per il tè.

- Buongiorno e buon lavoro - salutò tutti Andre *Usta* quando fece il suo ingresso in bottega, alla solita ora.

- Grazie, *Usta*! - risposero loro in coro, per concludere il rito quotidiano. Stesero i giornali sul bancone, a mo' di tovaglia, ci misero sopra il tè e le vivande.

Andre *Usta* chiese ai commessi di fare il punto. I fiori erano pronti dalla sera prima, e anche le composizioni da consegnare al pranzo di matrimonio, a Kadıköy. Restavano da fare gli ultimi controlli, aggiustare un fiore qua e là, verificare che i nomi dei clienti fossero stati scritti correttamente, sistemare la vetrina.

Poco prima delle undici Andre *Usta* richiamò a rapporto i commessi, bisognava dare istruzioni agli apprendisti. D'altronde, per ogni ordine che usciva dal negozio ripeteva sempre le stesse cose:

- Per l'amor di Dio, che facciano attenzione, che non li sbatacchino di qua e di là, il cliente deve essere soddisfatto quando vedrà i fiori nel salone. Mi raccomando, state attenti, non voglio lamentele, altrimenti me la prenderò prima con voi e poi con i ragazzi. Il commesso deve istruire l'apprendista e il buon apprendista deve trattare i beni del cliente come se fossero i propri!

Celal si rivolse ai suoi ragazzi:

- Avete sentito cos'ha detto *Usta*? Mi raccomando.

- Che vuol dire "avete sentito cos'ha detto *Usta*?" - si infuriò Andre, come al solito. - Tu devi dirglielo un'altra volta, devono sentirlo di nuovo dalla tua voce, così non se lo dimenticano.

Celal si voltò e ripeté ridendo le sue istruzioni. Gli apprendisti annuirono, presero i fiori e uscirono dal negozio.

Quando Andre *Usta* non c'era, capitava che Celal si divertisse a imitare il suo modo di parlare e il suo accento greco: "Avanti, Hüseyin, te ne stai ancora lì impalato a fissarmi? Io ti dico che i gambi devono essere tagliati con precisione, e tu sembra che stai affettando un porro. Devi essere delicato, non è come mietere il grano, hai una cesoia in mano, non una falce!"

Nella bottega erano rimasti soltanto Andre *Usta*, Celal e Sedat. I due amici erano tentati di riferirgli subito della notte precedente, ma sapevano che era meglio aspettare la pausa, quando lui era più tranquillo. Altrimenti si sarebbero guadagnati una bella lavata di capo.

Si misero al lavoro finché, come ogni giorno, non arrivò il solito ordine:

- Avanti, mettete su il tè!

Voleva dire che andava tutto bene e che era di buon umore.

Celal ubbidì, poi andò a sederglisi di fronte:

- *Usta*, dobbiamo parlarti.

- Che c'è? Non vorrete un aumento! Manca ancora molto alla fine dell'anno.

- No, non si tratta di questo, non so neppure da dove

cominciare. Forse non è niente, ma...

- Uff, Celal, non girarci troppo intorno. Ora ti metti a fare il misterioso?

Gli raccontò della sera prima, tutto d'un fiato.

- Sta per accadere qualcosa, ne siamo sicuri - concluse. Nel frattempo, Sedat aveva acceso la radio.

- Le ho viste anche io, delle case imbrattate con la pittura - ammise Andre *Usta*, anche se quella mattina, nel tragitto per arrivare al lavoro, non ci aveva dato troppo peso, pensava fosse opera di alcuni teppisti.

Uscirono tutti e tre dal negozio, guardarono prima verso Nişantaşı e poi più giù, verso Teşvikiye. Pareva tutto tranquillo, gente che passeggiava serenamente, qualche artigiano seduto davanti alla sua bottega, era un giorno come un altro.

- Ragazzi, fate venire le paranoie. Su, tornate dentro, al lavoro! - li rimproverò Andre *Usta*, bonariamente, e loro rientrarono scambiandosi un'occhiata.

All'ora di pranzo era tornato di buon umore, ascoltava le canzoni alla radio e di tanto in tanto canticchiava.

- Su, fatemi una frittata, la voglio bella piccante - ordinò. - Affettate i peperoncini, prendete il pane caldo dal fornaio, le posate non servono. Avanti, forza!

Sedat scattò subito in piedi, andò prima a comprare i pomodori, i peperoncini e la cipolla dal fruttivendolo, poi le uova dal droghiere e dopo ancora andò dal fornaio. Che profumo delizioso, non c'è niente come il profumo del pane appena sfornato. Ripose la spesa in un sacchetto di carta e tornò al negozio. Aveva fatto compere per tre, gli apprendisti non c'erano. In realtà, aveva forse un po' abbondato pensando che uno di loro poteva tornare in tempo o che qualche altro artigiano poteva unirsi alla loro tavola. Era passato da poco mezzogiorno, ancora una mezz'ora e le uova erano pronte, all'una avrebbero iniziato a mangiare.

Celal cominciava ad avvertire un certo languore. Dopotutto la frittata era uno dei suoi piatti preferiti. Afferrò il sacchetto dalle mani di Sedat e lo appoggiò sul bancone. Per prima cosa lavarono e affettarono i peperoncini, immersero i pomodori nell'acqua calda per poterli pelare più facilmente. "Per carità, niente bucce!", sarebbe sbottato Andre *Usta* se ne avesse trovata una nel piatto. Celal era bravo a cucinare, posò la padella sul fornelletto e si mise all'opera.

Non passò molto tempo che arrivò la solita domanda:

- Quanto ci mette a cuocersi? Sto morendo di fame!

Alla fine il pane arrivò in tavola. *Usta* lo spezzò con le mani e tutti iniziarono a intingerlo nelle uova messe al centro. Il profumo che sprigionavano unito al peperoncino metteva ancora più appetito.

- Complimenti, ragazzi, è buonissima - disse Andre *Usta*.

- Grazie.

Ma proprio quando stavano ripulendo il fondo della padella con il pane, Sedat esclamò:

- Aspettate un attimo! - e alzò il volume della radio.

Quello che sentirono al notiziario li lasciò sgomenti. Una bomba a Salonicco, nella casa di Atatürk.

- Chi è stato? Così, improvvisamente? E perché? -

mormorò Andre *Usta*, lo sguardo fisso al muro. - Alza un po' il volume, Sedat, sentiamo cosa dicono - aggiunse poi ad alta voce.

Ma nuovi dettagli non furono riportati. Si limitarono, dopo un po', a ripetere la notizia. Nessuno dei tre tornò al lavoro, aspettavano che alla radio dessero altre informazioni.

Celal gli posò una mano sulla spalla:

- Lo troveranno, *Usta*, chiunque sia stato. Prima o poi verrà fuori. - Intanto però, dentro di sé, aveva preso a maledire l'attentatore.

- Questa non ci voleva, non ci voleva, è una sciagura... Disgraziati! - continuava a ripetere Andre *Usta*.

Perché era così preoccupato era semplice: la bottega che aveva in gestione non era uguale alle altre. Il proprietario era Muzaffer Bozok, figlio di Salih Bozok, vicino di casa, compagno di scuola nonché luogotenente di Mustafa Kemal Atatürk. Con che faccia si sarebbe ripresentato al suo padrone?

- Ragazzi, io esco, ho bisogno di fare due passi - disse alla fine. Si alzò in piedi e uscì.

- Sedat, - intervenne Celal - tu resta qui, vado anche io. Non voglio lasciarlo solo. - E uscendo diede una voce ad Andre: - *Usta*, vengo anche io, prendiamo un po' d'aria insieme.

Era una giornata cupa, a Istanbul, una tipica giornata autunnale. Da Rumeli Caddesi salirono verso Osmanbey. Il viale era tranquillo, le botteghe avevano riaperto da poco, gli artigiani erano immersi nel lavoro... Andre *Usta* parlava sconfortato, e intanto affrettava il passo.

15
Beyoğlu

- Hayri, vieni, figliolo, è pronto. Ti ho fatto i peperoni ripieni che ti piacciono tanto - lo chiamò Madame Agate.

Si sedettero a tavola. Madame, dietro insistenza di Hayri, quella mattina non aveva mandato i figli a scuola quindi pranzarono tutti insieme e parlarono un po' di calcio. Ma Hayri si ritirò presto in camera sua, non riuscì neanche a mangiare un granché. Sedat e Celal erano andati al lavoro, e lui si sentiva l'unico guardiano del vicolo. Stava per succedere qualcosa, certo, non si parlava d'altro. Ma cosa? E quando?

Le divergenze di opinione tra i compagni di università non facevano che aumentare le sue preoccupazioni sulle sorti del paese. Ripensò all'economia al collasso, alle disposizioni arbitrarie del Partito Democratico, alla repressione degli scrittori e degli intellettuali; la censura a cui era sottoposta la stampa che rendeva impossibile qualsiasi denuncia. Per non parlare della politica estera, la Turchia non aveva più nessun sostegno. Il ministro degli Esteri aveva in agenda un vertice a Londra e Menderes sarebbe venuto a Istanbul. E poi c'era l'Associazione "Cipro è turca", non era stata fondata da molto, ma in breve tempo si era ingrandita e intratteneva rapporti sempre più stretti con le organizzazioni degli studenti universitari. Facevano propaganda continua contro la Grecia e i greci ciprioti; propinavano alla gente una serie di assurdità, del tipo che i greci in Turchia erano tutte spie, che ci avrebbero colpito dall'interno attaccando Istanbul, e soprattutto nominavano sempre Mustafa Kemal Atatürk, toccando un tasto sensibile.

Si ricordava di una conversazione scambiata una volta con delle persone che conosceva appena:

- Come fate a sapere che i greci di Istanbul sono tutte spie, ne siete sicuri? - aveva chiesto.

- Certo, caro mio - aveva risposto uno di loro. - Lavorano per la Grecia, sono infiltrati. Riferiscono ogni informazione utile perché la Grecia possa pianificare un attacco contro di noi. Alcuni sono stati scoperti e arrestati.

- Ma chi sono? Noi non ne sappiamo nulla.

- Sono spie, credi che se ne vadano in giro usando la loro vera identità?

- Amici miei, è da anni che io alloggio nella pensione di una greca. Dovrei forse sospettare anche di lei? I greci che conosco io sono tutte persone oneste.

- Sono spie, è ovvio che cercano di non attirare l'attenzione, mica possono destare sospetti. Questi infedeli sono molto più svegli di te e di me.

Hayri, a replicare ci aveva rinunciato, era chiaro che

qualcuno stava riempiendo la testa di fandonie alla gente. Di sera ne aveva parlato anche con Celal e Sedat.

- Però è possibile, perché non dovrebbero avere ragione? - aveva commentato Celal. - Madame sa tutto quello che succede nel quartiere, chi è innamorato di chi, chi mette le corna a chi... È informata su ogni cosa. Le donne vanno da lei a farsi leggere i fondi del caffè, conosce i segreti di tutti, ci puoi giurare! Chi desidera comprarsi una casa, la figlia di chi ha fatto voto per trovare marito... Queste informazioni, vuoi che non arrivino fino in Grecia? Quando Fevzi *amca*, quello che abitava sopra il negozio qui accanto, si è attaccato alla bottiglia, sua moglie Saliha *teyze* è andata da lei a sfogarsi, a dire che voleva lasciarlo. E Madame è andata subito a riferirlo al consolato greco.

E scoppiarono in una risata.

- Lascia perdere, amico mio! Quei tuoi amici cominciano a bere la mattina presto, e quando sono sobri leggono libri di spionaggio e fanno propaganda, questi sono pazzi! - aveva aggiunto Celal, chiudendo la questione.

A poco a poco, però, prendeva sempre più piede una vera e propria campagna di diffamazione contro i greci e le comunità non musulmane. Che importava se le menzogne che si raccontavano fossero grandi o piccole, gravi o di poco conto? Di gente pronta a crederci ce n'era da tempo. E chiunque provasse a criticare era subito accusato di schierarsi contro Atatürk, di essere un nemico della patria, con il risultato che talvolta veniva persino aggredito.

Hayri ripensò ai segni con cui la scorsa notte avevano marchiato le case, le botteghe. "Noi viviamo qui, eppure non sappiamo a chi appartengono tutte le case, tutte le botteghe. Come fanno loro a saperlo? Qualcuno deve averglielo detto, di sicuro. E le scritte, NMG, NM, PT, cosa significano? Dobbiamo scoprirlo, in un modo o nell'altro.

Era stanco. Quella notte aveva dormito poco e niente, e ora, a furia di rimuginare, gli si chiudevano gli occhi. Ma d'improvviso si sentì la voce di Madame Agate:

- Hayri, accendi la radio, tesoro. Accendila, presto, ascolta il notiziario.

Hayri si precipitò subito alla radio, in un angolo della stanza, e l'accese. Era esplosa una bomba nella casa di Mustafa Kemal Atatürk, a Salonicco. "Ecco, questa è la miccia", si disse. Ma una cosa del genere non se la sarebbe mai aspettata persino lui.

La radio non faceva che ripetere la stessa notizia, tanto che alla fine si decise a uscire. Fuori, cadeva una pioggia leggera, indossò il soprabito.

- Chiudetevi a chiave - disse a Madame. - Mi raccomando, non scendete di sotto, e i ragazzi non vi venga in mente di farli uscire. Non aprite la porta a nessuno e stasera, per carità, non accendete le luci! - Stava passando in rassegna, una dopo l'altra, tutte le precauzioni che gli venivano in mente.

- Va bene, d'accordo, non ti preoccupare, tesoro - gli rispose lei, che non si immaginava neanche, quello che sarebbe accaduto. Tuttavia, subito dopo si inquietò: - Figliolo, non lasciarci da soli. E poi, se fuori ti capitasse qualcosa?

Hayri non le diede ascolto e chiuse le due finestre che

davano sulla strada, quelle protette dalle grate. Mentre fissava i chiavistelli alla porta in ferro si tranquillizzò: 'Questa non la butta giù nessuno!'

Uscito fuori, notò i vicini della casa di fronte. Erano tutti sull'uscio, intenti a caricare. Oltre a Stavro il dentista c'era la madre, la moglie Katina e la figlia, Elefteria.

- Tutto bene, Stavro *amca*? - gli chiese.

- Ah, Hayri, figliolo! È da settimane che l'avvocato che abita nel palazzo di Dimitri continua a che ripetermi che sta per succedere qualcosa, che dobbiamo stare in guardia. E ora, hai visto cos'hanno fatto? Daranno la colpa a noi. D'altronde, è un po' che i giornali scrivono che siamo delle spie, che siamo questo o quell'altro, sono fuori di testa. Abbiamo detto anche ai vicini di andarsene da Beyoğlu, ma nessuno ci dà ascolto.

- E voi dove state andando?

- Da mia sorella, a Yeniköy - disse mentre metteva in moto. - Ti saluto, lascio tutto nelle vostre mani!

- Non preoccuparti, Stavro *amca*, noi siamo qui. Ci pensiamo noi a sorvegliare casa tua.

L'auto si mosse in direzione di Boğazkesen. Hayri rimase a guardarli finché non li vide girare a destra e uscire dal vicolo. Dopodiché, senza voltarsi, cominciò a camminare spedito verso Beyoğlu. Non notò niente di strano, solo alcuni gruppetti di persone che parlottavano tra loro. E qualcuno che imprecava a voce alta contro la Grecia e i greci. Gli artigiani e i commercianti non musulmani, invece, se ne stavano chiusi dentro le proprie botteghe.

Arrivato al Çiçek Pasajı, si sedette a un tavolo e ordinò

una birra. Beveva e intanto si ripeteva le stesse domande. Cosa? Dove? Quando? Chi? Ma chi ci fosse dietro ormai gli era chiaro: l'Associazione "Cipro è turca" e le organizzazioni studentesche che l'appoggiavano sicuramente c'entravano qualcosa. Dentro di sé sperava che si risolvesse tutto con una manifestazione di protesta. "Sì, andrà così, protesteranno, grideranno, si raduneranno a piazza Taksim, qualcuno terrà un discorso e la cosa finirà lì... Ma allora perché hanno marchiato gli edifici? No, deve esserci dell'altro... Cosa staranno facendo Celal e Sedat?"

D'un tratto scattò in piedi e si rivolse al cameriere:

- Vado a fare una telefonata e torno.

Entrò nell'ufficio postale di Galatasaray, che era proprio lì accanto. Si era fermato spesso, sul lato opposto della strada, a osservare l'edificio. Lo aveva costruito nel 1857 Theodor Sıvacıyan, un armeno; l'avevano usato per un periodo come laboratorio farmaceutico e poi, nel 1907, era stato acquistato e trasformato nella sede centrale delle Poste e dei Telegrafi di Beyoğlu. Le decorazioni sul soffitto, che, entrando, ti tenevano incollato, erano dei veri capolavori. E quei fregi, che sembravano infondere vita al marmo, potevano incantare per ore. Il fascino delle lettere, poi... chissà quante ne erano passate, per la posta di Galatasaray, chissà quante persone avevano avvicinato. Ma quel giorno, non c'era tempo per guardare queste meraviglie, e Hayri andò subito a prendere un gettone e telefonò al negozio. "Per fortuna che esiste uno strumento chiamato telefono e che a Istanbul uno dei pochi a possederlo è proprio il loro capo", si disse.

- Pronto - rispose Sedat dopo qualche squillo.

Hayri gli raccontò quello che aveva notato per la strada. L'altro, a sua volta, gli riferì ciò che era accaduto in bottega:

- *Usta* era molto amareggiato, lui e Celal sono usciti a fare una passeggiata, tra un po' ritorneranno.

- Quando finite di lavorare, non andate da nessuna parte. Ci vediamo al vicolo - si accordò Hayri.

Fuori dalla posta guardò l'orologio, erano le due. Di pomeriggio non beveva mai, ma quel giorno sentiva un bisogno disperato di birra. "Finisco almeno quella che ho ordinato."

Tornò al suo tavolo al Çiçek Pasajı e si accese una sigaretta, bevve un sorso di birra e mangiò qualche arachide. Intanto, in testa sempre le stesse domande che lo tormentavano dalla mattina.

Finì e tornò sul viale. "Dove vado, verso Tünel, verso Taksim?" Si accese un'altra sigaretta e si decise per Taksim. Ma cambiò idea non appena si imbatté in un manipolo di ragazzi che procedevano in direzione di Tünel. Li raggiunse, e vide che più avanti, alla chiesa di Sant'Antonio, se n'erano radunati degli altri. Pensò di avvicinarsi, ma un gruppo alle sue spalle cominciò a lanciare slogan, in mano la bandiera turca e ritratti di Atatürk. Qualche negoziante li sosteneva fuori dalla propria bottega:

- Bravi, complimenti! - e lanciavano insulti contro la Grecia e i greci in Turchia.

Nel frattempo la folla davanti alla chiesa si era compattata. In prima fila le organizzazioni studentesche, l'Associazione "Cipro è turca" subito dietro di loro. Con in mano gli striscioni, gridavano e chiamavano all'adunata. Mentre alcuni entrarono in chiesa per insultare e intimorire i fedeli, Hayri notò un gruppetto più arretrato. Non erano studenti, era chiaro, si vedeva dai vestiti.

Com'era possibile che un solo annuncio in radio aveva fatto radunare tutta quella gente? E così in fretta, poi? No, dovevano essersi messi d'accordo da tempo.

Hayri si allontanò, si spostò verso l'ingresso del liceo Galatasaray:

- Non sia mai che questi facciano qualcosa e la polizia li carichi. Va a finire che arrestano anche me!

Si mise a osservare a una distanza di sicurezza. Della polizia però non c'era traccia, eppure non si trattava di una manifestazione autorizzata. Che fine avevano fatto gli agenti che di solito pattugliavano la zona? Solitamente, al minimo accenno di protesta contro il governo, la polizia faceva subito la sua comparsa e disponeva arresti a tutto spiano. Era strano che non fosse ancora intervenuta.

La verità era che dal ministero degli Interni era partito l'ordine di non uscire dai commissariati.

In quel momento gli si parò davanti un tizio che vendeva l'*Istanbul Express*. Sul petto, il distintivo dell'Associazione "Cipro è turca". Hayri ne comprò una copia, anche se quel giornale non gli piaceva affatto, diceva che era asservito al potere. Lesse l'articolo in prima pagina, riportava l'indignazione che l'attentato alla casa di Atatürk aveva suscitato nel paese. Ma quale indignazione? L'unico motivo di indignazione era il giornale stesso, che cercava di fomentare la protesta, sfruttando la rabbia del popolo per istigarlo a scendere in piazza.

- Ci manca solo che qualcuno legga queste menzogne e decida di dargli ascolto - disse Hayri. Alla folla infuriata sarebbe bastata una scintilla, per prendere fuoco.

L'*Istanbul Express*, di proprietà di Mithah Perin e sotto la direzione di Gökşin Sipahi, sosteneva ormai apertamente il Partito Democratico. E quelli che lo stavano distribuendo portavano lo stesso distintivo. Non erano comuni ambulanti, ma membri o sostenitori dell'Associazione "Cipro è turca". La farsa che avevano messo in piedi era davvero ben congeniata. Fin dove avevano intenzione di spingersi?

Sempre in prima pagina, di lato, si diceva che era una seconda ristampa. L'*Istanbul Express* non aveva una gran tiratura, d'altra parte nessuno lo leggeva oltre ai sostenitori del governo... Quel giorno invece, riportando un fatto ancora da dimostrare, lo avevano ristampato una seconda volta. E forse presto anche una terza.

"Ancora un po' e poi torno alla pensione", pensò Hayri.

16

Rumeli Caddesi – Osmanbey – Şişli

Andre *Usta* camminava e parlava. Di tanto in tanto si rivolgeva a Celal:

- Che impudenti, che amorali...

E lui cercava di calmarlo:

- Va tutto bene, *Usta*. Vedi, è tutto a posto, le strade sono tranquille!

- Figliolo, io mi vergogno di me stesso. Che storia è questa? Da quanti anni viviamo qui come fratelli? Bayar[10] è andato pure in Grecia e non gli è capitato nulla...

Davanti alla pasticceria Haylayf, Celal lo prese sottobraccio:

- Vieni, *Usta*, perché non ci prendiamo un dolce? Dopo pranzo ci vuole. Dai, lo so che ti piacciono i dolci - e lo tirò dentro il negozio.

Il maître, che conosceva bene Andre *Usta*, li fece subito

10 Celal Bayar, fondatore del Partito Democratico e presidente della Repubblica dal 1950 al 1960.

accomodare al tavolo.

- Due paste e due limonate - chiese Celal. - Sarà anche caro, ma fa i dolci migliori della città. - aggiunse poi, prima di cominciare a mangiare.

Intanto osservava fuori dalla vetrina.

- Ma che succede? Passano camion a ripetizione. Sopra, ci sono un sacco di uomini.

Non era una cosa che si vedeva spesso, su Halaskargazi Caddesi. Certo, dei camion ogni tanto passavano, ma mai un convoglio del genere. Quello era l'unico particolare degno di nota, il resto sembrava nomale...

- Non mi pare stia per succedere chissà cosa! - disse Celal.

Era tutta colpa di Hayri, aveva ingigantito tutto, nella sua testa, e i segni che avevano visto la notte prima sulle case e le botteghe erano di sicuro opera di qualche teppista. Ma allora perché marchiare solo quelle dei greci? Va bene, magari qualcuno davvero ce l'aveva con loro, capitava spesso che litigassero per via di qualche ragazza. Ma Hayri l'aveva fatta più grossa di quanto fosse in realtà, e solo perché l'avevano detto i suoi professori! Così alla fine aveva convinto anche lui e Sedat.

Nel frattempo il maître e i camerieri si erano messi in disparte e parlottavano tra loro.

- Che succede, Andon? - chiese Andre *Usta*. - Cosa avete da confabulare?

- Andre, - gli rispose lui avvicinandosi al tavolo - a Beyoğlu si è radunata una folla, gridano, strepitano. Io abito a Cihangir... Sono preoccupato, è da una settimana che girano strane voci, e ieri uno dei nostri clienti abituali mi ha messo in guardia, dice che dobbiamo stare attenti, che sta per succedere qualcosa. Ora me ne torno a casa.

- Ma cosa vuoi che sia! - sbottò Andre *Usta*. - Anche io abito a Cihangir, non è niente, stai tranquillo. E non lasciare il negozio in balia dei camerieri!

Ma Andon non era per niente convinto, tornò dai camerieri e prese a dare istruzioni.

Quando uscirono dalla pasticceria, da Şişli si incamminarono verso Osmanbey. Sfilarono altri camion.

- *Usta*, hai mai visto passare tanti camion su questa strada? Guarda, sono pieni di uomini, neanche fossero autobus.

- No, figliolo, certo che non li ho mai visti. Ai miei tempi passavano tre, massimo cinque auto al giorno!

Fuori dal negozio qualcuno aveva esposto la bandiera turca.

- Avranno sentito della bomba esplosa a Salonicco e vorranno protestare - commentò. - Esponiamola anche noi, quando torniamo alla bottega, va bene, Celal? Sul retro ce n'è una bella grande, appendila in vetrina. È stato un atto vergognoso, davvero vergognoso...

Da Rumeli Caddesi si diressero verso Teşvikiye, poi imboccarono Valikonağı Caddesi e arrivarono al negozio. Sedat parlava concitato:

- Ha chiamato Hayri, poco fa, sta succedendo qual'cosa a Taksim, un'adunata o qualcosa del genere. Fuori dalla pensione ha incontrato Stavro il dentista. Era agitato per le voci che si sentono in giro, ha preso la sua famiglia e se ne sono andati a Yeniköy.

- Bene, - replicò Celal - avrà pensato che in caso di

pericolo lì saranno al sicuro!

- Avanti, mettete su il tè, sono le quattro - ordinò Andre *Usta*, e d'improvviso squillò il telefono. Era di nuovo Hayri. A lui piaceva Hayri, gli piacevano tutte le persone che studiavano. - Dimmi, figliolo - e si mise all'ascolto. Il suo volto si fece presto più contratto, cominciò ad agitarsi e assunse un tono preoccupato: - Che stai dicendo, Hayri? Va bene... va bene... d'accordo, non preoccuparti. Qui è tutto tranquillo, va bene.

Riagganciò e si rivolse ai suoi commessi:

- A Beyoğlu si è riunita una folla. Hayri è preoccupato. Sono spuntati all'improvviso dei tizi con degli abiti strani, ha detto di stare attenti! Io avverto il padrone. Presto, chiudete il negozio, andiamocene! - e scattò in piedi, era tutto agitato. Aprì il cassetto dove teneva l'incasso del giorno e se lo mise nella tasca della giacca.

Esposero la bandiera, spostarono i vasi dalla vetrina al deposito sul retro. Quando Sedat uscì fuori vide che sulla vetrina, in basso, qualcuno aveva scritto le lettere NM.

- Celal, hanno fatto i segni anche qui! - gridò.

- Ma il proprietario del negozio è turco! - rispose Celal. Poi, dopo una breve pausa, aggiunse a bassa voce: - Sì, ma il gestore è greco! Dobbiamo cancellarle subito.

Presero acqua e sapone e cominciarono a darsi da fare, ma si trattava di vernice a smalto e senza il solvente non andava via.

- Ragazzi, c'è la bandiera, non ci succederà niente. Su, andiamo! - intervenne Andre *Usta*, convincendoli a rinunciare.

Da Rumeli Caddesi salirono verso Osmanbey. Gli autobus erano pieni di gente e saltavano persino le fermate, anche loro zeppe. Era impossibile far salire anche solo un passeggero. Vicino a una fermata c'era un ragazzo che vendeva i giornali e che gridava a squarciagola:

- Ultime notizieee! Ultime notizieee! I greci hanno messo una bomba nella casa del nostro padre[11]... Ultime notizieee!

Sedat ne comprò subito una copia, anche se era il giornale che loro non leggevano mai, l'*Istanbul Express*, perché non riportava altra notizia che l'operato del Partito Democratico e non faceva che tesserne le lodi. In prima pagina, in alto a destra, compariva la scritta "seconda ristampa"; a sinistra, invece, una foto di Atatürk. "La casa del nostro padre danneggiata da una bomba", così recitava un articolo, nel sottotitolo, e subito sotto: "L'orribile episodio avvenuto all'alba ha destato indignazione."

- Hayri ha ragione, ancora non se ne sa niente e già scrivono che ha destato indignazione? - disse Sedat.

Di quale indignazione parlavano? Era una falsità, e l'avevano scritta a bella posta per scatenare una qualche reazione; e infatti ce l'avevano tutti, una copia del giornale, lo leggevano e commentavano.

Istanbul si stava preparando.

Fermarono un taxi e salirono a bordo.

- Dove andiamo? - chiese il tassista.

11 Riferimento ad Atatürk, letteralmente "padre dei turchi".

- Cihangir, a Taksim! - rispose Andre *Usta*.

- *Abi*, è impossibile arrivare a Taksim, vi lascio a Elmadağ.

- Va bene - risposero. Non avevano altra scelta.

Nessuno parlava. Le strade erano piene di gente e tutti stavano andando a Taksim. Davanti alla sede di Radio Harbiye il traffico si paralizzò. La folla dai marciapiedi aveva invaso la carreggiata.

- Non ho mai visto, prima d'ora, così tante persone tutte insieme, è una marea umana - commentò Celal.

Andre *Usta* fece fermare il taxi:

- Scendiamo qui, continuiamo a piedi, così lei può svoltare da questa parte.

- Per carità, *Usta*, non parlare. Se apri bocca capiranno che sei greco, vuoi che ti capiti qualcosa? - lo rimproverò Celal mentre scendevano dall'auto.

Andre non disse niente, ma con lo sguardo gli dava ragione.

Lo si capiva subito, da come parlava, che era greco, il suo accento era inconfondibile. È che prima di allora nessuno se ne era mai preoccupato, e non c'era mai stato bisogno di fare niente per correggerlo. Ma ora, lì, doveva tenere la bocca chiusa.

Camminavano sul marciapiede per non mischiarsi alla folla e non rischiare di perdersi. Chi sventolava bandiere turche, chi reggeva ritratti di Atatürk, chi del sultano Maometto il Conquistatore... Studenti, donne, uomini, marciavano tutti verso Taksim. Quando uno gridava uno slogan gli altri lo seguivano in coro, e a mano a mano che proseguivano le urla si facevano più numerose:

- Cipro è turca e resterà turca, i greci sono dei bastardi e resteranno dei bastardi!

I cori cessavano solo per lasciare spazio agli insulti, insulti contro i negozianti greci, che stavano a guardare pieni di sgomento e cominciavano a tirare giù le saracinesche. Anche a Elmadağ, davanti all'ospedale di Surp Agop, si era assiepata una folla che ruggiva:

- Maledetti greci!

- Ma questo è l'ospedale armeno, cosa c'entrano i greci? - domandò Celal.

- Perché non sanno neppure di cosa stanno parlando. Sul portone c'è scritto "Surp Agop", per loro sono tutti greci! - replicò Sedat.

- Taci! Non parlare e cammina... - disse Celal.

17
Piazza Taksim – Cihangir

Alla fine erano riusciti ad arrivare a Taksim. La gente confluiva da ogni direzione, raggiungere Sıraselviler Caddesi sembrava impossibile, superare la folla e attraversare la piazza senza perdersi era impensabile. Si poteva forse svoltare a sinistra, verso il parco di Gezi, per proseguire in basso tenendo sempre la sinistra. Oppure scendere dalla parte di Gumuşsuyu, tagliare per il consolato tedesco e sbucare sotto Kazancı. Per Cihangir, non c'erano altre vie. A piedi si allungava la strada, ma non importava.

- Così è meglio, ed è più sicuro! - concordarono, e s'incamminarono verso Gezi. Che non è un parco qualunque, lì, accanto a Taksim, dove la gente passeggia, si riposa o trascorre il proprio tempo libero, per quanto siano tantissime le persone che lo frequentano soprattutto nei fine settimana. Le scale di marmo rivolte alla piazza, le aiuole, le panchine affacciate sul Bosforo, gli edifici storici adibiti nel corso del tempo a scopi diversi… Non esiste niente di simile al parco di Gezi, con ogni suo angolo a narrare una storia differente. La parte rivolta a Elmadağ e Pangaltına ospita il cimitero armeno di Surp Agop, che il sultano Solimano il Magnifico aveva concesso come ricompensa per Manuk Karaseferyan, il cuoco che gli aveva salvato la vita. In seguito, nel 1780, davanti a piazza Taksim era stata costruita la Caserma dei Cannonieri, che durante la controrivoluzione del 31 marzo 1909[12] era diventata il quartier generale degli insorti, attaccato poi dall'Esercito per l'Azione che aveva sedato i ribelli. Al cortile della caserma, che fungeva anche da ippodromo, nel 1921 avevano aggiunto delle tribune di legno per trasformarlo nello Stadio Taksim, il primo a Istanbul. Successivamente, con la costruzione dello Stadio İnönü, lo Stadio Taksim era stato abbandonato e al posto suo e della caserma in rovina era nato l'İnönü Gezi, il primo parco di Istanbul di epoca repubblicana, rinominato Taksim Gezisi.

Con Andre *Usta* nel mezzo, Celal e Sedat attraversarono il parco, sul sentiero delimitato dai platani su ambo i lati. La piazza alla loro destra, Mete Caddesi a sinistra.

Celal, che nel frattempo aveva distanziato di un poco gli altri, svoltò a un angolo. Ma di colpo si impalò e tornò indietro.

- Più veloce, avanti, presto - ordinò a Sedat e Andre *Usta*, trascinandoli. - I camion sono qui. Sono carichi di bastoni e c'è un continuo andirivieni di uomini che vanno a recuperarli.

12 Tentativo di colpo di stato orchestrato dal sultano Abdülhamid II con l'appoggio dei settori più conservatori dell'élite ottomana, per porre fine al governo costituzionale dei Giovani Turchi.

Continuarono a camminare; quando non urtavano gli altri, erano gli altri a urtare loro. Più avanti videro dei tizi che parlavano al megafono. Non riuscivano a capire cosa dicevano, ma più le loro voci si diffondevano, più le grida, le urla, le incitazioni e i brusii crescevano.

Il tempo si era dilatato, avevano impiegato un'ora per coprire una distanza che in condizioni normali avrebbe richiesto solo venti minuti. Celal guardò l'orologio: le sei e mezza. Mentre tentava di capire da che parte andare, notò un varco. Imboccando la discesa accanto alla moschea di Kazancı si arrivava a Sormagir Sokağı, da lì a Cihangir Caddesi, per lasciare *Usta* a casa sua e proseguire poi verso Çukurcuma, che distava appena cinque minuti a piedi; sembrava facile.

Nel vicolo in cui entrarono c'erano tre camion uno in fila all'altro; davanti, un gruppo di uomini intenti a distribuire i bastoni.

- Amico, scusa, a che servono questi bastoni? - chiese Celal avvicinandosi a uno di loro. - Li danno anche sopra, ma i camion erano troppo lontani e non siamo riusciti a raggiungerli.

Quello ne prese uno:

- Lo prendi così e ti butti sull'infedele, nessuna pietà per la sua schiena e le sue cose!

I compagni scoppiarono a ridere.

- Abiti da queste parti, amico? - chiese un altro.

- Ehm, sì, da queste parti… - rispose Celal.

- Di questa razza di infedeli, ce ne sono nel quartiere in cui stai?

- Come no, è pieno!

- Tieni allora, prendili e dalli ai tuoi amici. Amico, questi sporchi infedeli hanno piazzato una bomba nella casa di Atatürk! A Izmir non li abbiamo forse buttati tutti in mare?[13] Ahahah, con l'aiuto di Dio faremo lo stesso pure qui!

Celal prese cinque bastoni e tornò da *Usta* e Sedat.

- Sedat, la situazione è drammatica. Questi sono furiosi, credono di andare in battaglia, di avere di fronte un nemico. E con quei bastoni lo vogliono malmenare, fare a pezzi lui e le sue cose. Guarda, sono tutti dello stesso colore, devono averli fatti apposta e adesso li distribuiscono. Faranno un massacro, stanno per cominciare, è questione di attimi.

Scesero per il vicolo lasciandosi la folla alle spalle. Dopo aver superato anche l'ultimo camion Celal si rivolse di nuovo a Sedat:

- Vola, avverti tutti nel quartiere! Devono chiudere porte e finestre a chiave, che nessuno esca fuori. Se non ti credono, prendi due di questi e spiega che li stanno distribuendo a Taksim. Fai di tutto per farti ascoltare!

Sedat, con i bastoni in mano, proseguì affrettando il passo. Davanti alla moschea di Kazancı, appurato che dalla parte opposta della strada non arrivava nessuno, cominciò a correre.

Andre *Usta* e Celal, anche loro bastoni alla mano, ac-

13 Si fa riferimento alla conclusione della guerra d'Indipendenza (1919-1922) condotta dalle forze nazionaliste capeggiate da Mustafa Kemal Atatürk contro le forze dell'Intesa e l'esercito greco.

celerarono invece in direzione di Cihangir. E proprio allora li raggiunse una voce:

- Andre, che succede? Dove vai con quei bastoni?

- Buonasera, Mustafa - rispose Andre. - Sta per scoppiare un pandemonio! Guarda, distribuiscono bastoni, chissà cosa faranno! Sto tornando a casa.

Il pover uomo non aveva ben capito, ma si accodò a loro.

- A che servono i bastoni?

- *Abi*, - rispose Celal - li danno a chiunque, dicono di usarli contro gli infedeli, di non avere pietà…

- Dio ce ne scampi! - scongiurò Andre *Usta*.

Le strade deserte, le tende tirate alle finestre; di tanto in tanto qualcuno sbirciava da uno spiraglio. Arrivarono a Cihangir Caddesi, dove il droghiere del quartiere, anche lui greco, si affrettava a ritirare dentro la bottega la merce esposta fuori.

- Andre, aiutatemi, datemi una mano a raccogliere queste cose…

- Che fai ancora qui a quest'ora? Spicciati, presto - lo incalzò Andre *Usta* mentre si avvicinava per aiutarlo.

- Non lo so! Dicevano che a Taksim le cose si stavano mettendo male. Mi sono detto "non sarà niente di che", ma a quanto pare la situazione è grave. Non fanno che ripeterlo tutti.

Celal portò all'interno le ultime cose rimaste. Tirò giù la saracinesca e fissò il lucchetto. A cosa vuoi che serva, pensava, ma non ebbe il coraggio di dirlo. Bastava infilare i bastoni dentro la serranda, e poi era un attimo scardinare i telai delle vetrine. La folla era imbestialita, ma neanche questo ebbe il coraggio di dirlo.

Arrivarono finalmente a casa di *Usta*. All'ingresso, notarono le solite scritte fatte con la vernice a smalto.

- Che Dio ci aiuti... Guarda, sono anche sul nostro palazzo!

E mentre tirava fuori le chiavi per entrare, una voce lo chiamò:

- Andre! - Era sua moglie Maria.

Li raggiunse di corsa, e dietro di lei l'imam della moschea che continuava a ripeterle:

- Va bene, va bene. È arrivato, hai visto?

- Che è successo, *Hoca*? - chiese Andre.

Hüseyn *Hoca* era un amico d'infanzia, era nato nel quartiere e come suo padre era diventato imam.

- Stanotte starete tutti da me, non si sa mai!

- Niente da fare, resteremo a casa nostra. Cosa potranno mai farci? - si ostinò Andre *Usta*.

- Andre, avanti, non essere cocciuto! - gli disse Maria. - I ragazzi sono già lì, questa notte la passeremo da lui e domani torneremo a casa.

Celal era d'accordo:

- Tua moglie ha ragione. Ti prego, *Usta*, non hai visto cosa sta succedendo? Il vostro portone è solido come una fortezza, ma stanotte vai da *Hoca*.

Cedette, e insieme alla moglie si diresse a casa dell'imam. Celal si era tranquillizzato, ormai ad Andre *Usta* non poteva succedere nulla, era più che al sicuro.

Salutò e si avviò alla pensione.

18
La notte della vergogna

Raggiunse l'angolo del suo vicolo alle sette passate. Hayri e Sedat se ne stavano seduti sulle scale della pensione a mangiare un panino. Si avvicinò. Il portone di ferro era aperto.

- Ragazzi, venite, - disse Madame Agate - sta pure cominciando a piovere! Avanti, Celal, vieni a mangiare, figliolo.

- Non se ne parla di entrare, Madame, prepara un panino anche per me.

Farcì due fette di pane con le polpette e glielo diede, poi tornò dentro e richiuse il portone.

- Che facciamo, restiamo qui seduti? Andiamo a farci un giro, vediamo un po' che sta succedendo - propose Hayri.

Decisero di incamminarsi verso piazza Taksim. Alle otto, mentre risalivano Sıraselviler Caddesi, risuonarono delle grida e si sentì rumore di vetri infranti.

- Restiamo uniti, ma se dovessimo perderci, torniamo subito alla pensione - disse Hayri.

Un cenno del capo e continuarono ad avanzare a passo spedito. Superato l'ospedale tedesco, ecco che quello che era solo un presentimento, alla fine, aveva preso forma. Uomini armati di bastoni imprecavano e colpivano le saracinesche dei negozi. Davanti a una bottega, cinque o sei di loro cercavano di forzare la serranda.

Quando scorsero, poi, il grosso della folla cento metri più avanti, rimasero impietriti.

- Sta bruciando - riuscì solo a dire Celal.

Era la chiesa di Hagia Triada, uno degli edifici più belli di piazza Taksim. Situata all'angolo tra İstiklal e Sıraselviler Caddesi, è la chiesa dei greci ortodossi. Era stata costruita nel 1880 all'interno di un ampio giardino, con dodici finestroni sulla cupola a simboleggiare i dodici apostoli e due campanili a ornare la piazza.

Sin da quando erano apprendisti, Celal e Sedat ci andavano spesso, per fare consegne di fiori. C'erano andati anche l'anno prima, per il funerale di un greco del quartiere. Le icone e i dipinti degli interni li avevano sempre incantati. E ora, Hagia Triada andava a fuoco. La folla inferocita gridava "Dio è grande" e, ormai perduto ogni senso di umanità e rispetto, devastava un luogo di culto senza che nessuno facesse nulla per fermarla. Per i greci, persino le chiese erano luoghi insicuri, persino le chiese si potevano incendiare e assaltare.

- Non passiamo di là, torniamo indietro, tagliamo da Parmakkapı Sokağı verso İstiklal - si dissero.

Mentre attraversavano il vicolo, ancora urla e vetri infranti. Quando sbucarono sul viale, ancora la folla rabbiosa che prendeva a colpi di bastone le porte dei negozi. Quella di una merceria era stata sfondata e tutti gli articoli all'interno erano stati lanciati in strada. Il negozio di tessuti lì accanto aveva la vetrina in frantumi, vetri sparsi ovunque, insieme a scatole e rotoli di stoffa.

- Che niente resti intatto, spaccategli tutto, a questi figli di puttana! - sbraitava un uomo con in mano un bastone.

Un altro avvolse un rotolo di stoffa, un altro ancora lo squarciò con un coltello. Chi strappava i tessuti, chi li prendeva a calci o calpestava i brandelli caduti a terra; intanto lanciavano insulti indicibili.

- Cosa stanno combinando? Io non ce la faccio a stare fermo a guardare - disse Celal, e fece per buttarsi in avanti. Sedat e Hayri lo trattennero per il braccio.

- Che fai, per l'amor di Dio. Sono dei cani rabbiosi, non fai in tempo ad aprire bocca che ti ritrovi all'ospedale. Penseranno che sei greco anche tu, non possiamo fare niente.

Proseguirono, stando attenti a non mescolarsi alla massa. Sulla sinistra videro un negozio d'abbigliamento con le vetrine in mille pezzi e i manichini che giacevano per terra. Ne uscirono una donna con un mucchio di vestiti tra le braccia, e un uomo con indosso cinque o forse sei cappotti che gridava:

- Merce degli infedeli, merce degli infedeli gratis!

Un altro gruppo arrivava urlando. Procedevano compatti, con la bandiera turca in prima linea e i ritratti di Atatürk e del sultano Maometto il Conquistatore nelle retrovie.

- Di sicuro non sanno che quando è entrato a Istanbul, il Conquistatore ha ordinato alle sue truppe di non uccidere e di non danneggiare le proprietà di nessuno! - commentò Celal.

Il giovane che avanzava in testa sbraitava:

- Dove non vedete la bandiera, sfasciate tutto!

E ancora:

- Cipro è turca e resterà turca, i greci sono dei bastardi e resteranno dei bastardi!

La folla gli faceva eco:

- Cipro è turca e resterà turca, i greci sono dei bastardi e resteranno dei bastardi!

Erano inferociti. Si lanciavano all'assalto, colpivano qualunque cosa. Si fermarono davanti alla saracinesca di una bottega, quella di Bay Yorgo. Una decina di uomini cominciò a forzarla. Dopodiché uno disse ai compagni di farsi indietro e provò a divellere il telaio con un piede di porco. Un altro prendeva a martellate la serranda, che dal rumore che faceva sembrava sul punto di cedere, e a ogni colpo quelli lanciavano grida di giubilo e di esaltazione. Fecero ancora qualche altro tentativo:

- Avanti, in nome di Dio!

In nome di Dio? Come potevano fare saccheggi invocando il suo nome?

Alla fine la saracinesca cedette. Poi spaccarono le vetrine, si accalcarono alla porta ed entrarono nell'oreficeria. Due di loro avevano attirato l'attenzione di Celal:

- Quelli non sono Kamil e suo fratello, i nostri amici di Teşvikiye?

Sedat si avvicinò un po':

- Sì, sono loro!

Si erano messi in mezzo alla strada.

- Che succede? Siete proprio sul passaggio, dai, spostiamoci - li avvertì Hayri dopo averli raggiunti.

- Aspetta, aspetta un attimo! - replicò Celal.

Passò qualche minuto e i saccheggiatori cominciarono a uscire dall'oreficeria. Con le tasche rigonfie, correvano senza voltarsi. Alla fine uscirono pure Kamil e suo fratello, che teneva in mano una bisaccia. Si misero a correre anche loro.

- Ehi, Kamil! - lo chiamò Celal. - Cosa state facendo? Lasciatela subito! Non avete timore di Dio?

Kamil si fermò. Si ritrovò faccia a faccia con Celal, con il suo sguardo costernato. Rimase lì ancora qualche attimo, indeciso, con le mani si teneva le tasche della giacca, e poi scappò via.

Kamil lavorava a Teşvikiye insieme al fratello. Passata quella notte, nel quartiere, nessuno li avrebbe più rivisti. Con gli anni, diventò il *signor* Kamil, con un impiego nel settore alimentare, e poi una catena di supermercati tutta sua. Alla fine del Ramadan prese a tenere banchetti sontuosi...

Celal provò a inseguirlo, ma i due fratelli riuscirono a sparire rapidamente nella mischia. Non ci poteva credere: degli amici avevano appena ripulito una gioielleria. Celal lo conosceva, il proprietario, era un cliente di Andre *Usta*.

- Com'è possibile? Credete che un giorno, nell'aldilà, non dovrete rendere conto delle vostre azioni? Guardate, hanno distrutto il negozio di Bay Yorgo! Kamil è solo un ragazzo, Yorgo lo conosce, cosa gli è saltato in mente?

Sedat gli si avvicinò.

- Su, Celal, andiamo...

- Hai visto, vero, cos'hanno fatto? Ne valeva la pena? E se li arrestassero, domani, con che coraggio guarderanno in faccia la gente?

- Ho visto, ho visto. Che Dio li punisca.

- Non si fermeranno, assalteranno anche le case. Torniamo alla pensione, non si sa mai - suggerì Hayri.

Si diressero nuovamente verso Parmakkapı Sokağı. All'improvviso, però, Sedat fu spintonato e si ritrovò a terra. Un tizio, che correva portando via una radio appena rubata, lo aveva urtato facendo cadere sia lui sia la radio. L'uomo lo afferrò per il bavero.

- Fai attenzione, cane, mi hai rotto la radio! - lo aggredì.

Sedat non lo conosceva, era la prima volta che lo vedeva in vita sua.

- Che stai dicendo, amico? Sei stato tu a urtarmi, e la radio non è tua.

- Questi non sono affari tuoi. Ce l'avevo io, quindi è mia, devo forse darti spiegazioni? - continuò l'altro cominciando a spintonarlo.

Sedat cercò di calmarlo, ma quello non sentiva ragioni.

- Senti, amico, vattene - si intromise Celal. - Tu cerchi grane, meglio non abusare della pazienza della gente a tarda sera, tanto la radio non era tua.

- E tu che c'entri?! - sbottò, e in un attimo gli assestò uno schiaffo.

Fu Sedat, stavolta, ad afferrarlo per il bavero della giacca:

- Perché, l'hai forse pagata? Sporco ladro! - e gli diede una testata sul naso.

L'uomo cadde a terra e cominciò a scalciare. In tutta questa confusione, nessuno si era accorto di nulla. Sedat era un tipo tranquillo, di quelli che non si innervosiscono mai, ma aveva perso le staffe e i suoi amici dovettero trascinarlo via a forza.

- Questo qui è pieno di compari, non mettiamoci nei guai, corri! - fece Celal.

Imboccarono Parmakkapı Sokağı. Intanto, la furia della folla continuava a divampare, una furia senza motivo, che trasformava in mostri.

- Ai vicoli! - si sentì gridare. - Sfasciate tutti i vetri dove non c'è la bandiera.

Era proprio così, dove sventolavano le bandiere, proseguivano oltre. Poco importava se qualcuno, anche se turco, non l'aveva esposta, magari perché non l'aveva trovata...

- Facciamo presto, stanno per assaltare le case - disse Hayri.

Affrettarono il passo per raggiungere Sıraselviler Caddesi e arrivare il prima possibile alla pensione. Ma quando svoltarono a destra e sulla sinistra apparve l'ospedale tedesco si ritrovarono faccia a faccia con un altro gruppo di devastatori. Uno di loro sfoggiava un reggiseno, se lo premeva al petto mentre con una vocetta stridula faceva la pantomima:

- Sono sposata... Ho dei figli... Fermi, per favore! Fermi, aiuto! Per l'amor di Dio, qualcuno mi aiuti!

E gli altri giù a sghignazzare.

- Com'e che si chiamava? - gli chiese uno facendosi passare il reggiseno.

- Cosa vuoi che mi ricordi il suo nome? Abbiamo fatto quello che dovevamo fare, questo è quanto! - rispose lui, sprezzante.

Sedat li avvicinò, fingeva di essere tranquillo:

- Che succede, ragazzi? Che fate con quel reggiseno?

Uno si mise a fissarlo:

- Stasera tutto è concesso, anche le donne sono gratis! Questa ce la dobbiamo ricordare, ci siamo fatti una greca!

Attoniti, si scambiarono un'occhiata impotente, non c'era niente che si potesse più fare. Poi, percorrendo la discesa, la videro. Una donna sedeva accasciata su una rampa di scale, in silenzio. Era immobile, le ginocchia al petto e il capo chino. Quando le furono più vicini videro che aveva il vestito strappato.

- Signora... - mormorò Hayri accostandosi lentamente.

Neanche riusciva a guardarlo, tremava di paura, si ritrasse. Rimase a testa bassa, i capelli arruffati le cadevano in avanti.

- Mi cerchereste il soprabito, per favore? - chiese intimorita.

Si guardarono intorno. Il soprabito era stato lanciato giù dalle scale, accanto a una pozza d'acqua. Celal si chinò a raccoglierlo.

- Madame, è zuppo. Metta questo - e le diede il suo giubbotto.

- Non importa se è bagnato, l'importante è che mi copra.

Celal l'aiutò a metterselo sulle spalle.

- Noi abitiamo a Çukurcuma, e lei? L'accompagniamo - propose Hayri.

- A Cihangir..

- Cosa ci faceva qui, allora? Se solo fosse passata da Sıraselviler! - bisbigliò Sedat.

Ma lei lo aveva sentito.

- Mi hanno trascinata da Sıraselviler fino a qui. Nessuno ha detto niente. Ho provato a fare resistenza, ma erano in troppi; ho gridato, ma nessuno mi ha sentito…

Sì, il vicolo era deserto, le luci erano spente, ma la gente era lì, dietro le finestre… La donna aveva gridato, si era dimenata, certo che l'avevano sentita, ma nessuno era sceso ad aiutarla. Avevano paura.

- Va bene, adesso è tutto passato. Ora la portiamo a casa. Su, si alzi, piano piano. La via dove abita? - chiese Hayri.

E lei gli riferì il suo indirizzo.

Invece di scendere per il viale principale, decisero di passare per i vicoli secondari; si allungava un po', ma non volevano rischiare che qualcuno la vedesse in quello stato. Nessuno se la sentiva di parlare. Qualche bisbiglio, ma solo per fare strada. Erano come in processione, anzi, di più, erano come a un corteo funebre.

Arrivarono al vicolo dove abitava.

- Grazie, da qui posso continuare da sola…

La guardarono allontanarsi. Si fermò davanti casa, suonò alla porta e scomparì dentro. E loro si avviarono.

Ce l'aveva fatta alla fine, a tornare, ma come avrebbe fatto a convivere con quel dolore, si chiedevano. Cosa stava succedendo, e perché? Chiamare musulmano qualcuno che abusa di una donna, mai vista poi, solo perché greca, che assurdità! Uno che ha anche la coscienza di vantarsene...

Bisognava muoversi a tornare alla pensione. I rumori si facevano sempre più vicini.

- Maledetti, gente senza Dio! - continuava a dire Sedat camminando più svelto che poteva.

- Non si accontentano di sfasciare vetrine e fare razzia, no, ora se la prendono anche con le donne - gli fece eco Celal.

Quella donna, Sedat l'avrebbe incontrata un mese dopo, con il marito e i figli. La riconobbe subito, mentre lei, imbarazzata, chinava i capo e tirava dritto.

Alla fine apparve il vicolo. Alcune case avevano la bandiera esposta, altre no. Sedat si mise a suonare a tutte le porte:

- Mettete la bandiera alle finestre! Stanno prendendo di mira le case e i negozi che non ce l'hanno!

Qualcuno scese in strada per capire cosa stesse accadendo. Hayri parlò dei saccheggi, e più raccontava e più loro si facevano prendere dall'ansia e dalla paura.

- Appendete le bandiere all'ingresso dei palazzi, ai portoni delle case. Ai piani alti basterà uno straccio rosso, al buio non si nota la differenza. Muovetevi, presto, stanno arrivando! - li incalzò.

Uno dei vicini appese una bandiera all'ingresso della bottega di Koço, il sarto del quartiere, anche lui greco.

- La bottega è incustodita, Koço non c'è, l'ha affidata a noi! Qualcuno mi aiuti a staccare l'insegna, non devono capire che è di un greco.

Un altro arrivò con un cacciavite e svitò la targa bianca su cui era impressa, a caratteri neri, la scritta "Sartoria

Koço". La passò al fratello:

- Tieni, portala a casa, gliela restituiremo domani.

Quella notte, nel quartiere, fu tutto un proteggersi a vicenda.

- Se dovessero arrivare qui, affacciatevi alle finestre e applaudite, gridate "bravi, ragazzi, evviva, complimenti". Solo i turchi, però, mi raccomando. Voi greci, invece, battete le mani e non parlate! - fece Hayri.

Ma alcuni giovani non volevano saperne di rientrare in casa, volevano aspettare fuori a tutti i costi. Celal prese da parte i greci che erano tra loro.

- Voi andate a casa, e rimanete lì. Qui ci pensiamo noi.

- No, Celal, vogliamo restare! - si oppose un ragazzo, si chiamava Teodor. - Questa è casa mia, credi che non sia capace di difenderla?

Hayri scoppiò a ridere:

- Ma bravo, continua a parlare! Così non si capisce che sei greco, tanto cosa possono farti?!

Alla fine rimasero solo i turchi. Erano tutti spaventati, nessuno fiatava. Intravedevano qualcuno all'imbocco del vicolo e subito saltavano su, ecco, è arrivato il momento. Invece era solo un passante, andava oltre e loro tiravano un sospiro di sollievo.

- Dio non voglia che vengano anche qui - pregò Celal.

Ma il rumore dei vetri infranti, lo sferragliare, i pianti, le urla stavano arrivando. Celal, dalle scale su cui sedeva, si accese una sigaretta, si alzò in piedi e fece per muoversi. Proprio in quell'istante una ventina di persone comparve all'ingresso della via. Avanzavano sventolando le bandiere turche, con un tizio alla testa del gruppo che sbraitava:

- Cipro è turca e resterà turca, i greci sono dei bastardi e resteranno dei bastardi!

I compagni gli facevano eco. Hayri si tirò su e si unì alle grida, con gli altri giovani del quartiere che lo imitavano. Si aggiunsero presto le ovazioni dalle finestre:

- Bravi, ragazzi, evviva!

- Dove sono i greci? Fuori i greci! - sbraitò il tizio a capo del gruppo.

- No, *abi*, - rispose Sedat - qui abitano solo turchi.

Quelli proseguirono e lasciarono il vicolo. Non avevano fatto del male a nessuno né danneggiato alcunché, il piano pareva aver funzionato.

- Sono preoccupato per *Usta*, vado a dare un'occhiata - disse Celal.

E si avviarono insieme verso casa di Hüseyn *Hoca*.

19

Istanbul senza umanità

Andando verso casa di Hüseyin *Hoca*, la gente che si incontrava era fuori di sé. Lanciavano pietre contro le case senza bandiera, ma presto si misero a colpire anche quelle che ce l'avevano.

- Questi sono greci! Hanno la bandiera, ma non sono turchi, sono sicuro, non facciamoci ingannare - urlò uno.

E presero a sfondare le finestre del palazzo.

- Ce ne sono ancora, di case di infedeli? - gli chiese un altro.

E quello iniziò a indicarle una per una. Era chiaro che abitava da quelle parti e conosceva il vicinato. Era questa, del resto, la cosa peggiore: denunciare chi si conosceva, persino gli amici, e punirli per il solo fatto di essere greci.

Rotto il vetro di una finestra, un gruppo saltò dentro una casa. Poltrone, tavolini, qualsiasi cosa trovassero, la lanciavano fuori. Misero a tacere il proprietario che li supplicava di fermarsi:

- Vi scongiuro! Cosa vi abbiamo fatto?

Per la strada c'era di tutto. Chi ammucchiava mobili per poterli sfasciare, chi si precipitava a portarsi via quelli intatti. Avevano perso totalmente il controllo. C'era un aspetto, poi, alquanto bizzarro: mentre si privavano alcuni cittadini della Repubblica di Turchia del diritto alla proprietà, all'integrità morale e addirittura alla vita, non c'era nessuno che cercasse di proteggerli e fermare la devastazione. Niente polizia, niente esercito, le strade e le case erano state abbandonate a una furia che non aveva più nulla di umano.

I tre amici si fermarono davanti a uno dei negozi saccheggiati. Tre o quattro ragazzi erano impegnati a riempirsi le tasche di caramelle e gomme da masticare.

- Quand'è che la finiranno? - chiese Sedat. - E la polizia? L'esercito? Quand'è che arrivano?

- Provare a fermare questa gente sarebbe inutile, se solo apri bocca ti aggrediscono! - disse Hayri.

Nel frattempo avevano raggiunto il palazzo dove abitava Andre *Usta*. Le finestre al piano terra erano distrutte, al piano superiore invece, dove sventolavano le bandiere, i vetri erano ancora intatti. L'appartamento di Andre *Usta* si trovava all'ultimo piano, non si poteva raggiungere. Il portone d'ingresso, poi, era rimasto chiuso; del resto, non avevano alcun dubbio che avrebbe retto, era impossibile da sfondare con dei bastoni.

Proseguirono verso la casa di Hüseyin *Hoca*. Celal suonò il campanello, venne ad aprire la moglie.

- Eravamo preoccupati per Andre *Usta* - le disse.

La donna li invitò a entrare:

- Stanno bene, sono in salotto, venite, prego.

Andre *Usta*, la moglie e i figli sedevano in silenzio, gli occhi pieni di paura. Quando vide i suoi commessi, il vecchio si alzò e corse ad abbracciarli.

- State bene, ragazzi?

- Stiamo bene, *Usta*, eravamo preoccupati per voi. Non abbiamo saputo resistere e siamo venuti.

- Anche noi stiamo bene. Voi, piuttosto, non dovete andarvene in giro, non sia mai che vi capiti qualcosa.

- Non temere, *Usta* - intervenne Sedat. - Non ci succederà nulla, e tra un po' ce ne torniamo alla pensione. Ora che vi abbiamo visti andiamo via tranquilli.

Andre *Usta* era ansioso di sapere qualcosa, di avere notizie da fuori. Hayri si mise a raccontare ma questo non fece che aggiungere paura alla paura.

- Dov'è Hüseyin *Hoca*? - chiese a un certo punto Celal. - Non lo vedo, è tutto a posto, vero?

- Sono arrivati altri vicini - spiegò Andre *Usta*. - Di là, in camera da letto, ci sono Andon e sua moglie, che abitano alla fine della strada. Altri, l'imam li ha sistemati nella moschea, penso che rimarrà lì, per sicurezza. Gli ho detto che volevo andare con lui, ma non ha voluto.

- Ha fatto bene! - approvò Celal. E si congedarono.

La moschea si trovava proprio lì accanto. All'ingresso, nessun rumore, niente tradiva il fatto che dentro ci fosse qualcuno. Bussarono alla porta sul retro e dopo una breve attesa Hüseyin *Hoca* venne ad aprire. Conosceva Celal e Sedat, e li fece entrare.

Quando le finestre delle case erano state fatte a pezzi, i

greci del quartiere erano corsi dall'imam; lui li aveva presi e portati alla moschea. Sedevano terrorizzati, in silenzio e al buio per non attirare l'attenzione.

Due famiglie avevano cercato asilo nella chiesa, ma anche lì avevano spaccato i vetri e minacciato di entrare, tanto che il prete si era cambiato d'abito e insieme ai fedeli era scappato. Una volta dentro, gli assalitori si erano avventati sui banchi e le icone appese ai muri, facendo mambassa di tutto. Intanto, i fuggitivi pensavano a un luogo dove rifugiarsi e a uno di loro era venuto in mente Hüseyin *Hoca*. Sì, nella moschea sarebbero stati al sicuro.

Celal, Sedat e Hayri chiesero se c'era bisogno di qualcosa, ben sapendo che ciò di cui avevano davvero bisogno era di essere protetti. Se ne andarono dopo aver dato la buona notte – ma di buono, quella notte, chissà cosa poteva avere?

Imboccarono Sıraselviler Caddesi per tornare a piazza Taksim, che era ancora parecchio affollata, soprattutto davanti alla chiesa di Hagia Triada. Di nuovo grida e fragori assordanti, di nuovo i profittatori che correvano via con la refurtiva.

- C'è troppa gente! - fece Hayri. - Entriamo dall'altro ingresso, da lì sbucheremo sul viale e torneremo indietro.

Su Meşelik Sokağı videro che non erano state risparmiate neanche la scuola armena Esayan e quella greca Zapyon; finestre rotte, banchi e cattedre gettati in strada. In quel caso non c'era molto da portare via, ma i danni erano comunque ingenti.

Tenendo la destra, dopo un centinaio di metri giunsero all'ingresso della chiesa ortodossa che dava su İstiklal

Caddesi. Il portone che immetteva nel cortile era spalancato; varcarono la soglia e videro che i bossi, le rose, le pansé lungo il sentiero erano stati sradicati e sparpagliati dappertutto. Nell'aria c'era odore di fumo, per terra vetri infranti e i resti dei banchi che i fedeli affollavano durante la liturgia. Da dentro arrivavano insulti e tonfo di bastoni, era spaventoso. Ma ancor più spaventoso era quello che videro. All'interno era tutto distrutto e come se non bastasse un tizio stava urinando ai piedi di una colonna.

- Assaltare i negozi, le case, le scuole della comunità, sfregiare le chiese… Ma che razza di musulmani sono, questi? - commentò Sedat.

- Andiamocene, non ce la faccio a guardare - disse Hayri prendendo gli altri due per il braccio.

Uscirono e si spostarono su İstiklal Caddesi, una manciata di metri più avanti.

- Mamma mia! Sembra sia scoppiata una bomba… - disse Sedat.

- Dio mio, assistimi! - ripeteva Celal in preda allo sgomento.

- Non c'è più umanità…

Umanità... Quella notte, a Istanbul, se ne era perso il senso. Al suo posto era subentrato un odio cieco, razzista, capace solo di stuprare, picchiare, distruggere e rubare.

Su İstiklal Caddesi camminare era impossibile, ci si doveva fare largo tra stoffe, lavatrici, frigoriferi, poltrone, tavolini. Intorno ad alcuni elettrodomestici avevano addirittura legato delle corde per trascinarli lungo la carreggiata come fossero dei trofei di guerra. Intanto, la pioggia cadeva e bagnava ogni cosa, imbrattandola di fango.

Qualcuno che aveva osato opporsi c'era stato, ma l'avevano mandato all'ospedale a colpi di bastone. I più erano rimasti a guardare. Scene di guerra sfilavano davanti agli occhi, e loro muti, attoniti. Temendo per le proprie botteghe, tra i turchi c'era chi non aveva voluto abbandonarle. E appena quei disgraziati facevano per minacciarle, loro si appellavano alla propria nazionalità, alla fede. E alla bandiera che avevano esposto.

Qualcuno aveva dato ospitalità ad altri negozianti, greci. Un gesto che salvava la vita.

Proseguirono verso Galatasaray. In una bottega, una merceria, c'era un uomo steso a terra.

- Non sarà morto? - domandò Celal, entrando.

Il poveretto, che giaceva immobile, era coperto di vetri, rocchetti, aghi. Quando Celal gli sollevò la testa e vide la pozza di sangue che si allargava sul pavimento, uscì fuori con gli occhi sbarrati.

- Che è successo? È vivo? - chiese Sedat.

Celal aveva lo sguardo perso nel vuoto:

- Via di qui!

Poi buttarono un occhio a una calzoleria. Era un negozio piuttosto grande ed era gremito di gente. Chi si provava le scarpe dopo aver svuotato gli scaffali, chi prendeva a bastonate le mensole e i banconi. Un tizio aveva indossato un paio di scarpe nuove di zecca e se ne era andato lasciando lì le sue.

- Che faranno i proprietari di questi negozi? - domandò Sedat.

- Un bel niente! Chi potrebbero denunciare, e a chi, poi? Alla polizia, di cui non c'è traccia? Io lo dicevo che stava per succedere qualcosa, ma, credetemi, non avevo la più pallida idea che sarebbero arrivati fino a questo punto - ammise Hayri.

- Basta stare qui, mi sento male, torniamo alla pensione - li pregò Celal.

Imboccarono il vicolo accanto al liceo Galatasaray, diretti alla pensione, maledicendo quei farabutti a ogni passo.

Hayri non faceva che rimuginare. Perché, cosa accadrà poi, e i morti... Era in totale confusione.

"Cipro, tutto è iniziato da Cipro. I greci sono stati istigati contro i turchi e poi i turchi sono stati istigati contro i greci. Eppure, fino a qualche anno fa, eravamo in ottimi rapporti. Il presidente Bayar è partito in visita per la Grecia, erano tutti contenti. E invece no, oggi i giornali ci fanno capire che c'è un piano, dietro, ci dicono che il paese è indignato, ed è solo naturale che ci chiediamo di cosa si tratta. Poi, improvvisamente, una folla venuta da chissà dove, si raduna a Beyoğlu e comincia a fare razzie. E io mi chiedo, si fermeranno qui o prenderanno anche altri quartieri? Beyoğlu, Şişli, Yedikule, Arnavutköy, Bebek, Yeniköy... Chissà cos'è successo da quelle parti."

E faceva bene a pensarla così, era coinvolta tutta la città e nel mirino non c'erano solo i greci, ma anche ebrei e armeni, insomma tutte le comunità non musulmane.

Giunti all'ingresso del loro vicolo, capirono subito che neanche quello era stato risparmiato. Sembrava caduto in rovina. Da dentro le case si sentivano pianti o suppliche;

un uomo sulla cinquantina con un berretto in testa prendeva a bastonate un mobile che ristagnava in una pozza d'acqua, e ci metteva una tale foga, come se il mobile gli avesse fatto chissà che sgarbo e fosse venuto, finalmente, il tempo di vendicarsi.

Dal piano superiore di una casa sentirono una donna gridare:

- Per favore, non li buttate, sono un ricordo di mia madre!

Dalla stessa finestra arrivò subito un altro urlo:

- Spostatevi o vi farete male!

Ma che personcina premurosa, preoccuparsi che i piatti che stava per lanciare di sotto non colpissero nessuno...

Sentirono poi una voce che pareva familiare, di uno che indicava una casa e intanto diceva:

- Anche questi sono greci.

Era Arif, il proprietario di una merceria sulla via verso Boğazkesen. Si era unito alle razzie e segnalava una per una case e botteghe:

- Questa è di Koço, questa di Dimitri...

In pochi minuti, della sartoria di Koço non restarono che vetri rotti e brandelli di stoffe sparpagliati ovunque.

- Qua un altro greco, Stavro il dentista! - E quelli si avventarono sulle finestre e sul portone. Dio solo sa quante persone ci entrarono. Qualcosa finiva a terra, andava in pezzi, e loro ogni volta esultavano, lanciavano sadiche grida di soddisfazione. Accatastavano mobili e controllavano se ce n'erano di utili, di preziosi. Se li caricavano in spalla e scappavano.

- Sono rimasti altri tappeti?

Tappeti, cornici, piatti, tavolini, posate...

- Fate venire due, tre persone. Non riusciamo a sollevare la credenza!

- Ma è tempo sprecato! Datele fuoco!

Fu allora che la casa di Stavro il dentista cominciò a bruciare.

Nel frattempo gli abitanti del quartiere si erano dati alla fuga, alcuni avevano trovato rifugio dai vicini turchi. Anche con la pensione di Madame Agate ci avevano provato, ma le grate alle finestre avevano resistito, nonostante i colpi alle inferriate.

Celal, Sedat e Hayri arrivarono davanti alla casa di Stavro quando ormai si levavano in alto sia il fumo che le fiamme.

- Non avete nessun timore di Dio? - gridò Celal.

Nel frattempo Arif continuava a fomentare la folla:

- Bruciatela, tanto ormai il bottino ce l'abbiamo!

Doveva credersi un giannizzero... Ma nella foga neppure si accorse che era finito a terra. Celal gli aveva sferrato un pugno:

- Cane! Indegno! - gli si avventò contro, era partita una scazzottata - Uomo senza fede! Comportarsi così, con i vicini di casa? Maledetto!

D'improvviso, mentre uno lo allontanava tenendolo per le braccia, un altro cominciò a prenderlo a calci. Ma Celal riuscì a trascinarli a terra, con sé, e subito intervennero Sedat e Hayri.

- Va bene, non è successo niente, state tranquilli! -

cercò di calmarli Hayri. Ma proprio quando Celal si stava rialzando e si era girato verso i suoi amici, Arif lo colpì alla testa con un bastone. Celal cadde di nuovo, di nuovo calci e colpi da ogni dove. Sedat e Hayri, senza pensarci due volte, recuperarono due bastoni e si lanciarono nella mischia. A Sedat gli si coprì presto il viso di sangue, ad Hayri spaccarono un sopracciglio.

- Lasciatelo stare, bastardi! - ruggiva il primo, agitando l'unica arma che aveva contro chiunque gli si avvicinasse.

- Ma questi sono turchi! - sbottò uno.

Quelli, sbigottiti, di colpo si fermarono, volevano vederci chiaro. Sedat e Hayri si misero in all'erta, tutto poteva succedere.

- Siete greci? Che ve ne frega di questi bastardi? - Arif gli si impalò davanti, voleva spiegazioni.

- Sono i nostri vicini, non sono anche i tuoi? Come farai a guardarli in faccia, domani, con che coraggio passerai ancora di qui? - gridò Sedat.

- Basta! - intervenne a quel punto l'uomo a capo del gruppo. - Dimenticate quei greci bastardi per picchiarvi tra di voi? Se qui abbiamo finito, andiamocene, ci sono altri quartieri che ci aspettano.

E sgattaiolarono via dal vicolo.

- Ariiiif! Celal ti troverà, nasconditi bene! - gli urlò dietro Sedat.

L'avrebbe trovato eccome, tempo dopo, quando la situazione tornò alla normalità. Celal lo aveva trovato e afferrato per il bavero, con Arif che piagnucolava: "Ho moglie e figli." Lo aveva trascinato in un caffè, "io non colpisco alle spalle", e aveva cominciato a prenderlo a sberle. A fatica gli avventori del caffè erano riusciti a toglierglielo dalle mani. Arif, per paura di incontrarlo di nuovo, da quel giorno non sarebbe più passato da Çukurcuma.

Qualche abitante uscì sulla via. Le fiamme nella casa di Stavro il dentista continuavano a divampare.

- Chiamate i pompieri! - esclamò qualcuno.

Ma come potevano chiamarli? Di telefoni, in tutto il quartiere, ce n'era solo uno, e stava andando a fuoco con tutta la casa. Uno dei vicini accorse allora con una pompa da giardino, che attaccarono a un rubinetto, e altri presero a darsi disperatamente da fare con secchi e bacinelle.

Celal, intanto, giaceva a terra immobile. Per prima, lo soccorse Madame Agate.

- Che hanno fatto al mio ragazzo? - piangeva.

Cercarono di calmarla, le dissero di tornare alla pensione e di chiudersi dentro, mentre da un tavolo rotto ricavavano una barella per portarlo all'ospedale. La trasportarono in quattro, più Sedat e Hayri. E Celal, per strada, non fece neanche un sussurro.

- Resisti, resisti! - lo incitavano con le lacrime agli occhi.

- Aiutateci, sta morendo! - disse Hayri non appena entrarono in ospedale.

Gli infermieri lo trasferirono subito su una barella vera e lo portarono via. Anche Sedat e Hayri furono portati via, anche loro erano feriti, ma solo lievemente. A preoccuparsi di sé non ci avevano pensato. Qualche punto di sutura e furono dimessi, iniziando a chiedere notizie di Celal. Secondo l'infermiera, c'era un po' da aspettare. E intanto

İbrahim *amca*, che li aveva accompagnati fin lì, tentava di tranquillizzarli.

Passò qualche ora prima che arrivasse un medico. Con quei colpi in testa, le condizioni di Celal erano gravi, bisognava dargli tempo, almeno fino all'indomani. E poi, se non ci fossero stati miglioramenti, andava trasferito in un altro ospedale.

I due vegliarono fino al mattino seguente, pregando perché arrivassero buone notizie. Alle sette e mezza, tornò il medico della sera prima: il pericolo era passato, ma Celal non aveva ancora ripreso conoscenza; aveva riportato fratture ovunque. Dio solo sa quante bastonate gli avevano dato, e una dopo l'altra.

- Il vostro amico starà qui per un bel po' - disse infine.

Loro insistettero per vederlo, tanto che il dottore non seppe dire di no. Li prese e li accompagnò.

Il giorno che tornò al quartiere, Celal, lo avrebbe ricordato per sempre. Gli abbracci commossi di Madame Agate che lo amava come un figlio, le visite dei vicini greci che gli auguravano di rimettersi in fretta...

Il 7 settembre fu proclamata la Legge Marziale e la situazione iniziò lentamente a ripristinarsi, ma oramai si era aperta una ferita. Non si sapeva con precisione quante case erano state depredate, quanti negozi, quante chiese; le persone che erano state aggredite, persino uccise, e le donne che erano state stuprate. Lo si capì solo qualche giorno dopo, dalle notizie sui giornali e dalle voci che circolavano. Ma la stampa distorse la realtà e raccontò menzogne per anni, proteggendo i veri colpevoli che, dopo essere spariti per un po', ricomparvero come gran signori; abitavano in splendide ville, come se una grossa eredità li avesse d'improvviso miracolati.

Quando Celal ne rivedeva qualcuno la rabbia gli montava dentro. A proposito di uno che, a quanto gli avevano riferito, era andato in pellegrinaggio a Mecca, cominciò a prenderlo a male parole:

- Se anche sapesse portare qui Mecca, cosa penserebbe di aver risolto, uno che si è arricchito coi suoi peccati?

Non risparmiava nemmeno quelli che, per la rottura del digiuno, prendevano parte alle cene offerte da un qualche "signore":

- Anche voi rompete il digiuno col frutto del peccato? E vi chiamate musulmani?

Per lungo tempo quei giorni rimasero nella memoria come una grande vergogna...

İnci, Franguli, la pasticceria Baylan, Smart, Mtolo, Silvio, Osep, Dario, il cinema Saray... I ristoranti, le birrerie, i bar, le *meyhane*, le mercerie, le profumerie, insomma tutti negozi greci di İstiklal Caddesi erano ormai cumuli di macerie. Settantatré chiese greco-ortodosse erano state date alle fiamme. E dietro, c'era stata una premeditazione: per scardinare le inferriate, non avevano usato solo pietre, bastoni, o pale, ma erano ricorsi anche a mazze e fiamme ossidriche; si erano attrezzati con le bandiere, le avevano cucite gli operai che aderivano ai sindacati tessili; e per il trasporto, l'Associazione degli Autisti e il Sindacato degli Autotrasportatori avevano messo a disposizione i propri mezzi.

Anche i piani più alti erano coinvolti. Alcuni membri del Partito Democratico furono arrestati perché si erano fatti trovare con liste di indirizzi di greci. Tra loro qualcuno confessò che erano ordini della sede centrale del partito. Quel 6 di settembre avevano disposto loro, la manifestazione. E anche gli atti di vandalismo. Gli stessi democratici si dissero sorpresi, di fronte al precipitare degli eventi, a una situazione che aveva raggiunto le dimensioni della tragedia.

Tutto era cominciato alla pasticceria Haylayf. E Celal e Andre, quel giorno, mentre erano seduti a uno dei suoi tavoli, ancora non potevano immaginare che proprio da lì sarebbe iniziato tutto.

Quel giorno, l'*Istanbul Express* aveva raggiunto le 290.000 copie, contro le 20.000 che tirava normalmente. E l'Associazione "Cipro è turca" si era impegnata a distribuirlo. La prima pagina, con quel suo titolo, "Indignazione", era pronta da un pezzo, molto prima dei fatti. Il segretario dell'associazione, poi, Kamil Önal, lo dichiarava apertamente, nell'articolo: "Affermiamo pubblicamente che chi ha osato mettere le mani su ciò che abbiamo di più caro, la pagherà cara."

Più tardi emerse anche che proprio il 5 settembre il ministro degli Esteri Zorlu, mentre partecipava alla conferenza di Londra, aveva dichiarato che una reazione eclatante da parte della Turchia poteva rafforzare la sua posizione al tavolo delle trattative, dimostrando quanto l'opinione pubblica turca fosse suscettibile sulla questione cipriota e non potesse essere ignorata. Le sue parole erano arrivate anche all'orecchio dell'Associazione "Cipro è turca", che le interpretò come un ordine. Ne seguirono una serie di goffi tentativi di giustificazione da parte del governo, il quale sosteneva che nelle sue intenzioni la reazione di cui aveva parlato il ministro doveva essere contenuta. Eppure, per un evento che si voleva contenuto, avevano trasferito centinaia di persone da diverse città, fabbricato e trasportato armi di vario tipo, individuato e marchiato case e botteghe.

Secondo le stime ufficiali, undici persone avevano perso la vita, secondo le testimonianze almeno quindici; in molti sostennero che il numero era così basso perché agli esecutori materiali era stato ordinato di non fare vittime. Trenta dovevano essere i feriti, ma i numeri erano in realtà di gran lunga superiori. Anche in questo caso il governo cercò di porre rimedio, spiegando che le sue stime si riferivano solo ai feriti gravi, e tralasciavano, ovviamente, tutte le vittime che all'ospedale non c'erano andate. Lo stesso valeva per le donne che avevano subito violenza: la maggior parte non andò all'ospedale; gli stupri denunciati erano dieci, massimo quindici, ma questo valeva solo per Çukurcuma. Chissà a quanto ammontava il totale.

La vicenda si tramutò presto in farsa. I membri dell'Associazione "Cipro è turca" furono arrestati, ma, passato qualche mese, furono rilasciati per insufficienza di prove. Al loro posto si prelevò e si processò chiunque fosse sospettato di essere di sinistra, con l'accusa di essere dietro a quei fatti.

Alla stazione di Haydarpaşa furono trattenuti centinaia

di saccheggiatori, colti con le mani nel sacco mentre se ne stavano tornando da dove erano venuti, İzmit, Adapazarı, Trabzon, Sivas, Kastamonu, Erzincan. E i più odiosi non erano quelli che venivano da fuori, ma quelli del posto, gente che aveva depredato le botteghe in cui era andata a fare la spesa fino al giorno prima.

Ci fu una sfilza di processi, ma i veri responsabili rimasero impuniti, come se tutti i beni si fossero riversati in strada da soli, tutte le persone si fossero ferite di propria mano, tutte le donne si fossero fatte violenza da sé, tutti i morti fossero stati dei suicidi… La Turchia non era stata in grado di proteggere i suoi cittadini, e insabbiò le prove che dimostravano una lunga catena di responsabilità, dal singolo cittadino agli uomini di stato. In loro onore non mancarono i memoriali, furono proclamati seguaci della democrazia.

E l'attentato alla casa di Atatürk? Si pensava che fosse stata opera di un greco, o così millantava chi quella notte mise Istanbul a ferro e fuoco. In realtà era stato un turco, in seguito premiato e nominato prefetto. Anche questo faceva parte del piano.

Celal, questa storia, la storia di una macchia scura che aveva coperto le cose belle di quel tempo, l'aveva raccontata ai suoi figli, tutta, fin nei minimi dettagli. Tanto che loro sapevano raccontarla a loro volta, e la conoscevano così bene da poter ripercorrere ogni movimento del padre nelle strade di Beyoğlu, persino ricordare ogni cosa che aveva visto.

Ma nessuno sapeva che in quella storia mancava un pezzo, un piccolo segreto che neanche Celal poteva sapere.

20

Il dono di Elefteria

Il signor Celal rientrò dal balcone asciugandosi le lacrime. Avanzò piano piano, si fermò di fronte a Magnolia e allungò la lettera al figlio maggiore.

- Leggi ad alta voce. Voglio che sentano tutti - disse. Si sedette accanto a lei e le prese la mano.

La lettera risaliva al 1956. Erano passati trentatré anni.

Prima di iniziare, Kemal gettò un'occhiata al padre, sembrava assente. Non era mai capitato di vederlo così.

Si era appena messo a leggere che i tre fratelli si scambiarono un'occhiata. Dilek sbottò:

- Com'è possibile?

Il padre le fece cenno di tacere:

- Ascolta fino alla fine, figliola.

Kemal continuò e il signor Celal si estraniava, tornava al 1955, a un passato che d'improvviso sembrava presente.

- Vai avanti, figliolo.

Kemal guardò prima la lettera, poi suo padre, poi tutti gli altri, che lo ascoltavano in silenzio.

Il signor Celal fissò la figlia negli occhi, e lei ricambiò. Cemal cercava di mantenere il sangue freddo, ma gli si era dipinta sul volto un'espressione difficile da mascherare. Era tutto un fluire di sensazioni contrastanti, stupore, tristezza, dolore, gioia. Kemal leggeva e, intanto, tra una riga e l'altra, incrociava lo sguardo del padre, che, ogni volta, gli faceva intendere di continuare. Come voltò pagina, però, gli si strinse la gola, dalla bocca non venivano fuori le parole.

Celena se ne stava seduta in silenzio, aspettando una qualche reazione dal signor Celal e dai suoi figli. Era capitato tutto all'improvviso, prima la lettera, che aveva dovuto tradurre a Magnolia, poi quel tumulto di sentimenti che avevano sconvolto l'amica. E ora sentiva che tutto era diventato troppo...

In quella casa, si erano svegliati come sempre, come in un giorno qualunque, una calda mattina di agosto.

Avevano fatto colazione, chi era andato al lavoro, chi era andato in cerca di qualcosa da fare fino a sera. Adesso, però, in quella casa dalle giornate senza turbolenze si respirava un'aria diversa. Era arrivata un'ospite inattesa...

Dilek non riuscì più a trattenersi.

Si alzò in piedi, si sedette accanto a Magnolia e le prese la mano. Entrambe piangevano a dirotto.

Quella lettera scritta nel 1956 aveva cambiato tutto.

Kemal finì di leggere. Nessuno fiatava. Il signor Celal allargò le braccia.

- Benvenuta, mia Magnolia, dono della mia Elefteria! - le sussurrò lui con voce rotta.

E rimasero stretti in un abbraccio.

Magnolia si alzò in piedi, anche Cemal voleva abbracciarla, e anche Dilek. Si strinsero forte tutti e tre, come fanno i fratelli.

Trentatré anni prima, una donna che avrebbe trascorso buona parte della sua vita nel rimpianto della patria e dell'uomo che amava, aveva scritto quella lettera.

Io cercavo di capirne la sofferenza, ma per capire avrei dovuto vivere quel che aveva vissuto, sentire quel che aveva sentito.

Ci provai, a essere lei, a sentire con quale trasporto aveva scritto la lettera che stringevo tra le mani. Chissà quante volte avrà preso e lasciato la penna, quanti ripensamenti. E lo sentii, alla fine, il dolore. Mettere tutta una vita tra una manciata di fogli di carta, come si poteva? Ma lei ci era riuscita. Ed era riuscita a farti sentire quella sua amarezza, il rimpianto per tutto quello che aveva perduto, la mancanza dell'uomo della sua vita e della terra che chiamava casa.

D'improvviso la nostra famiglia non era più la stessa. Una donna mai vista, e che non avremmo visto mai, arrivava a sconvolgerci con una lettera, la stessa che aveva sconvolto Magnolia, portandola da noi. E mentre scriveva, a cosa pensava? Se lo immaginava, come sarebbero andate le cose?

Per anni avevo creduto di essere il primogenito. E ora scoprivamo che c'era qualcun altro, nella famiglia, qualcuno che se ne stava a centinaia di chilometri di distanza, a portare avanti una vita del tutto diversa dalla nostra.

- Ho due maschi e una femmina. Accidenti, con un'altra figlia e sareste pari! - diceva a volte mio padre.

Doveva esserci una forza misteriosa, dietro le sue parole. Quella forza spingeva dall'altra parte dell'Egeo, si chiamava Elefteria, e annunciava che un'altra figlia c'era davvero.

Magnolia e io ci guardammo. Mi si fece incontro, gli occhi umidi ma pieni di felicità. Spalancai le braccia. Non l'ho mai dimenticato, il giorno che per la prima volta ho stretto a me mia sorella più grande.

Glossario

Abi: letteralmente "fratello maggiore". È un appellativo usato per riferirsi con rispettosa familiarità a uomini o ragazzi coetanei o di età non troppo superiore alla propria.

Amca: letteralmente "zio paterno". Più in generale, è un appellativo usato per riferirsi con rispettosa familiarità a uomini di una certa età.

Cacık: zuppa di yogurt e cetrioli. Uno degli antipasti (*meze*) che accompagnano tradizionalmente il *rakı*.

Dolma: verdure ripiene. Antipasto che accompagna tradizionalmente il *rakı*.

Haydari: crema a base di yogurt, aglio e spezie.

Hoca: letteralmente "guida, maestro". Appellativo usato per riferirsi ai funzionari religiosi musulmani.

Meyhane: retaggio della cultura greca di Costantinopoli, si tratta di ristoranti tipici dove bere *rakı* accompagnato da *meze* e ascoltare musica tradizionale suonata dal vivo.

Ouzo: distillato secco ad alta gradazione, a base di mosto d'uva e anice. È prodotto in Grecia.

Palikari: dal greco. In origine indicava i guerriglieri che avevano combattuto la guerra per l'indipendenza greca dall'Impero Ottomano. Il termine, di difficile traduzione e reso talvolta come "patriota, combattente", indica oggi, in senso elogiativo, un giovane celibe di particolare prestanza e dalle spiccate qualità fisiche e morali. Viene anche usato dalle madri greche come vezzeggiativo rivolto ai figli maschi (*palikari mou*, "mio guerriero").

Pide: detto anche "pizza turca", consiste in una base di pasta di pane farcita con carne, peperoni, pomodori e spezie.

Pilaki: fagioli in umido. Antipasto che accompagna tradizionalmente il *rakı*.

Rakı: distillato di uva, con aggiunta di anice e aromi, dalla forte gradazione alcolica. È considerata la bevanda nazionale turca. Viene comunemente chiamato "latte dei leoni", perché va bevuto mescolato con acqua e assume quindi una densa colorazione bianca.

Revani: torta a base di semolino.

Sarma: foglie di vite cotte in salamoia e arrotolate, ripiene di riso.

Tarama: crema a base di uova di carpa in salamoia con aggiunta di limone, cipolla, aglio e olive.

Tesbih: sorta di rosario islamico, composto da un numero variabile di grani fino a un massimo di novantanove, dove ognuno corrisponde a un nome di Allah.

Teyze: letteralmente "zia materna". È un appellativo usato per rivolgersi con rispettosa familiarità a donne di una certa età.

Usta: letteralmente "maestro". Appellativo con cui gli apprendisti si riferiscono al loro principale. È inoltre usato per indicare genericamente un artigiano.

Yalı: ville sul Bosforo che riproducono l'architettura delle tipiche residenze signorili in legno dell'epoca tardo-ottomana.

Della stessa collana

Dall'Iran:

La scelta di Sudabeh, Fattaneh Haj Seyed Javadi
Nelle stanze della soffitta, Tahereh Alavi
A Tehran le lumache fanno rumore, Zahra 'Abdi
I giorni che non ho vissuto, Leyla Qasemi
Suvashun. Una storia persiana, Simin Daneshvar
Spengo io le luci, Zoya Pirzad

Dai paesi arabi:

Dispersi, Inaam Kachachi
I domani di ieri, Ali Bécheur
Abbracciarsi sul ponte di Brooklyn, Ezzedine C. Fishere
Ogni volta che prendo il volo, Youssef Fadel
Una birra al circolo del biliardo, Waguih Ghali
Il paradiso delle donne, Ali Bécheur

Dalla Russia:

E dal cielo caddero tre mele, Narine Abgarjan
La bambina dell'Hotel Metropole, Ljudmila Petruševskaja
L'aviatore, Evgenij Vodolazkin
Giugno, Dmitrij Bykov
Il mondo secondo Savelij, Grigorij Služitel'
La febbre dei Petrov e altri accidenti, Aleksej Sal'nikov

Dall'Africa:

Lo sguardo di uno sconosciuto, Emmanuel Iduma